講談社文庫

# 舌戦

## 百万石の留守居役（十三）

上田秀人



講談社

目次——舌戦　百万石の留守居役（十三）

# 金沢・江戸間の街道図

地図作成／ジェイ・マップ

〔留守居役《るすいやく》〕

主君の留守中に諸事を采配《さいはい》する役目。人脈をもつ世慣れた家臣がつとめることが多い。参勤交代が始まって以降は、幕府や他藩との交渉が主な役割に。外様《とざま》の藩にとっては、幕府の意向をいち早く察知し、外様潰《つぶ》しの施策から藩を守る役割が何より大切となる。

〔加賀《かが》藩士〕

藩主
前田綱紀《まえだつなのり》
──人持《ひとも》ち組頭《くみがしら》七家（元禄《げんろく》以降に加賀八家）──人持ち組──平士
本多安房政長《ほんだあわまさなが》（五万石）筆頭家老
長　尚連《ちょうひさつら》（三万三千石）国人出身
横山玄位《よこやまはるたか》（二万七千石）江戸家老
前田孝貞《たかさだ》（二万一千石）
奥村時成《おくむらときなり》（一万四千石）奥村本家
奥村庸礼《やすひろ》（一万二千四百五十石）奥村分家
前田備後直作《びんごなおなり》（一万二千石）

平士
瀬能数馬《せのうかずま》（一千石）ほか

平士並《なみ》──与力（お目見え以下）──御徒《おかち》など──足軽など

〔第十三巻『舌戦』——おもな登場人物〕

瀬能数馬《せのうかずま》　祖父が元旗本の加賀《かが》藩士。若すぎる江戸留守居役《るすいやく》として奮闘を続ける。藩主綱紀《つなのり》のお国入りを助け、将軍家から召喚された本多政長《ほんだまさなが》と江戸へ。

本多安房《あわ》政長　五万石の加賀藩筆頭宿老《しゅくろう》。家康《いえやす》の謀臣《ぼうしん》本多正信《まさのぶ》が先祖。「堂々たる隠密《おんみつ》」。

琴《こと》　本多政長の娘。数馬を気に入り婚約、帰国した数馬と仮祝言《かりしゅうげん》を挙げる。

本多主殿《とのも》政敏《まさみち》　政長の嫡男《ちゃくなん》。部屋住みの身。

刑部一木《おさかべいちもく》　本多家が抱える越後忍《えちごしのび》・軒猿《のきざる》を束ねる。体術の達人。

佐奈《さな》　琴の侍女。刑部の娘。加賀藩邸を襲撃した無頼の武田四郎《たけだしろう》に惚《ほ》れられる。

葉月冬馬《はづきとうま》　老中首座堀田備中守《ほったびっちゅうのかみ》家の留守居役。

村井次郎衛門《むらいじろうえもん》　加賀藩江戸次席家老。お国入りしている藩主綱紀の留守をあずかる。

横山大膳玄位《よこやまだいぜんはるたか》　加賀藩江戸家老。加賀藩江戸藩邸襲撃の件で、評定所《ひょうじょうしょ》に呼び出された。

横山内記《ないき》長次《ながつぐ》　玄位の大叔父《おおおじ》。五千石。幕府直参《じきさん》の寄合旗本。

前田対馬孝貞《まえだつしまたかさだ》　加賀藩国家老。宿老本多政長の留守を託される。

前田綱紀　加賀藩五代当主。利家《としいえ》の再来との期待も高い。二代将軍秀忠《ひでただ》の曾孫《そうそん》。

大久保《おおくぼ》加賀守忠朝《ただとも》　老中。本多家とは代々敵対してきた。

堀田備中守正俊《まさとし》　老中。次期将軍として綱吉擁立《つなよしようりつ》に動き、一気に幕政の実権を握る。

徳川《とくがわ》綱吉　四代将軍家綱《いえつな》の弟。傍系ながら五代将軍の座につく。綱紀を敵視する。

# 舌戦

## 百万石の留守居役（十三）

# 第一章　幕開け

## 一

本多安房政長《ほんだあわまさなが》がいない。

加賀《かが》藩前田《まえだ》家百万石の城下町、金沢は異様な雰囲気を醸し出していた。

「我らをあぶり出すための策ではなかろうな」

「間違いございませぬ。国境《くにざかい》を出たことは手の者が確認いたしております る」

数名の藩士たちが、日が暮れてから集まっていた。

「将軍家のお呼び出しじゃ。応じないなどはもちろん、遅れるわけにもいくまい」

集まっていた屋敷の主《あるじ》が、一同を見回した。

「皆、ようやく好機が来たり」

主が強い口調で続けた。

「尾張《おわり》のころから仕え続けた我ら譜代を差し置いて、重臣面《づら》をするだけならばまだしも、殿を将軍にという話を潰《つぶ》した本多安房は許せぬ」

「そうじゃ」

「新参者に大きな顔をさせるな」

集まっていた武士たちが不満を口にした。

「この機を逃すわけにはいかぬ。真に加賀藩の未来《さき》を憂《うれ》う者たちよ。我らここに立つ」

「おおっ」

「やるぞっ」

主の鼓舞に集まっていた者たちが唱和した。

「では、対馬《つしま》さまを」

集まっていた藩士の一人が前田対馬孝貞《たかさだ》の名を挙げた。

「うむ。皆の賛同が得られた今、我らの柱となっていただくのは、前田家の本家筋にあたる対馬さましかない」

「頭領にお迎えする……と」

主の言葉に藩士が身を乗り出した。

「今からは遅い。いかに義のためであろうとも、頭領として仰《あお》ぐお方である。礼を失するわけにはいかぬ。皆、明日の夕七つ（午後四時ごろ）に対馬さまのお屋敷へ参る。一人も欠けることなく、八名でお願いをするぞ。我らの想いが固いところをお見せするのだ」

「承知」

「いよいよでござるな」

藩士たちが主の指図を了承した。

一夜はいつものように明け、前田孝貞、前田備後《びんご》直作《なおなり》、奥村内匠時成《おくむらないしょうときなり》、奥村因幡《いなば》庸《やす》礼《ひろ》、長九郎左衛門《ちょうくろうざえもん》尚連《ひさつら》ら宿老《しゅくろう》と江戸へ出た父本多政長の代理として嫡男《ちゃくなん》主殿《とのも》政敏《まさみち》が城中表御殿《おもてごてん》御用部屋に集合していた。

「本日の議は、帰国なさった殿の領地見廻《みまわ》りについてである」

本多政長から後を託された前田孝貞が会合を主導した。

「……では、ご異論なきをもって、殿のご巡幸を例のごとくおこなうこととといたす」

反対もなく、議はあっさりと決した。

「他にはなにもござらぬかの」

決まった議題が終わった後の慣例句を前田孝貞が口にした。

「主殿どのにお伺いしたいが、よろしいかの」

前田直作が発言した。

「…………」

小さく顎《あご》を動かして前田孝貞が認めた。

「なんでございましょう」

本多政敏が質問を促した。

「お父上どのより、ご連絡はござったか」

「いえ、まだなにも」

訊《き》かれた本多政敏が首を横に振った。

「今日辺り、江戸へ入るころあいでございましょう。到着の一報が入るのは、早くて明後日《あさって》の夕刻、おそらく三日後ではないかと推察いたしておりまする」

家格はもっとも高いが、当主ばかりのなかで一人部屋住みの身である。本多政敏がていねいに述べた。

「お手数だが、ご連絡あらばお報せ願いたい」

「承知仕《つかまつ》りました」

前田直作の願いを本多政敏が受けた。

「他には……ないようでござるな。では、ご一同ご苦労でござる」

前田孝貞が終会を宣した。

「お先に失礼をいたしまする」

本来この場に出る資格を持たない本多政敏が、真っ先に御用部屋を出ていった。

「……いかがかの」

本多政敏の姿が消えてから、前田孝貞が誰にともなく問うた。

「よろしいかと存ずる」

「同じく、問題はないかと」

奥村因幡と奥村内匠が応じた。

「わたくしにはわかりかねまする」

家中騒動を起こしたことで五代藩主前田綱紀《つなのり》から手厳しく咎《とが》められた長尚連が判断を避けた。

「安房どのに比べれば、まだ甘い」

最後に前田直作が評した。

「まあ、あのお方に比べるのはかわいそうでござろう」

前田孝貞が苦笑した。

「そういう対馬どのは、いかがお考えじゃ」

前田直作が尋ねた。

「過ぎた婿《むこ》だと思っておる。勤勉で誠実、己《おのれ》がなにをすべきかをよく理解している。なにより野心を見せぬのがよい」

にこやかに前田孝貞が告げた。

本多政敏の正室は前田孝貞の娘であった。

「可もなく不可もなしか。泰平の世に跡継ぎとしてふさわしい」

「さよう」

前田直作の感想を前田孝貞が認めた。

「父の性質を受け継いだのは娘……か」

なんともいえない表情で前田直作がため息を吐《つ》いた。

「さて、拙者《せっしゃ》は殿にご報告を」

前田孝貞が腰をあげた。

「殿」

御用部屋と前田綱紀の御座《ござ》の間《ま》は近い。前田孝貞が御座の間下座に着いて、議決の説明をした。

「ようは例年通りだということだな」

「さようでございまする」

要点を確認した綱紀に前田孝貞が首肯《しゅこう》した。

「わかった。委細は任せる」

「はっ」

用件はこれで終わった。

「対馬」

「なにか」

綱紀から呼びかけられた前田孝貞が応じた。

「主殿はどうだ」

本多政長の息子政敏の様子を綱紀が訊いた。

「執政には十分だと」

「ふむ。ようはまだ爺《じい》の代わりはできぬということだな」

褒《ほ》めた前田孝貞の裏を綱紀は読み取った。

「無茶を仰《おお》せになられては……」

本多政長の代わりを期待しているという綱紀に前田孝貞が本多政敏に同情した。

「ならば、そなたが務めるか。どうやら憑《つ》きものは落ちたようだしな」

「……ご勘弁をくださいませ」

笑いながら言った綱紀に前田孝貞がため息を吐いた。

「であろう。ならば、主殿を鍛えるしかあるまいが」

「……たしかにさようではございますが」

「娘婿《むすめむこ》が哀れかの」

「いささか」

綱紀の言葉を前田孝貞が認めた。

「本多の家に生まれた者の宿命《さだめ》じゃ」

「…………」

前田孝貞が沈黙した。

「そういえば、琴《こと》は残っているらしいな」

綱紀がふと思い出したとばかりに口にした。

「はい。急ぎの旅に女を連れていくわけにも参りますまい」

前田孝貞が応じた。

「仮祝言《かりしゆうげん》はすませたのであったな」

「瀬能《せのう》が福井へ旅立つ前にすませました。殿のお許しも得ていたはずでございますが……」

確認した綱紀に前田孝貞が怪訝《けげん》な顔をした。

「ふん」

綱紀が鼻を鳴らした。

「少し惜しくなられましたか」

前田孝貞が踏みこんだ。

「惜しく……そうよな。琴ならば吾《わ》が継室としてふさわしい器量を持っている。容姿も吾が好みにあっておる」

綱紀が認めた。

「しかし、それは許されぬ」

好き嫌いで手出しできる相手ではないと綱紀が述べた。

「家柄も器量も問題はございませぬ……琴も二度目とはいえ」

前田孝貞が首をかしげた。

綱紀の曾祖父《そうそふ》になる二代将軍秀忠《ひでただ》の正室お江与《えよ》の方は、近江浅井長政《おうみあざいながまさ》の娘で織田信長《おだのぶなが》の姪《めい》にあたる。家柄血筋ともに問題はないが、秀忠のもとへ嫁ぐまで、二度の離縁を経験している。つまり秀忠は三人目の夫になった。

「そのようなこと気にはせぬ」

処女《おとめ》でなければならぬなどとは思ってもいないと綱紀が否定した。

「問題は、余《よ》と琴の間に生まれた子供が、世継ぎになることよ」

「…………」

言われて前田孝貞が息を呑《の》んだ。

「あの本多の血を引く藩主……徳川が黙って見逃すと思うか」

「それはっ」

見つめられた前田孝貞が汗を流した。

「天下を統一した一代の傑物神君徳川家康《とくがわいえやす》公を支え続けた知恵袋本多佐渡守正信《さどのかみまさのぶ》どの。それはすなわち徳川家がおこなってきた表沙汰《おもてざた》にできないことのすべてを知っているということだ。その本多佐渡守どのの直系、琴は曾孫《そうそん》だ。徳川家にとってつごうの悪いことを知っている加賀の本多家、その血を引いた男子が、外様最大の百万石を継ぐ。どんな悪夢だ」

「ううっ」

「いかに余が二代将軍秀忠さまの曾孫でも、許されまい」

うめいた前田孝貞に綱紀が止《とど》めを刺した。

「ゆえに余は、琴をあきらめた」

綱紀が惜しそうな顔をした。

「殿……」

前田孝貞がいたましそうな顔をした。

「とは表向きよ」

「はあっ」

表情を一気に変えた綱紀に前田孝貞が唖然《あぜん》とした。

「考えてみろ。琴は爺の女版だぞ。閨《ねや》でまで尻を叩《たた》かれるのは御免だ」

綱紀が首を横に振った。

御前を下がった前田孝貞が、駕籠《かご》で屋敷へ戻った。

「まったく、殿のご冗談はどこまで本気なのかわからぬ」

ぼやきながら駕籠を出た前田孝貞に用人が近づいた。

「阪中玄太郎《さかなかげんたろう》さま他、七名のご家中の方々がお目にかかりたいとお待ちでございまする」

「……阪中たちが」

呼んだ覚えはないがと前田孝貞が首をかしげた。

同じ前田家の家臣とはいえ、万石をこえると別枠になる。呼びつけでもしないかぎり、藩士たちが訪れてくることはまずなかった。

「用件は……」

「直接お話ししたいと」

問うた前田孝貞に用人が困惑した。

前田対馬家の用人ともなれば、石高は数百石をこえる。加賀藩の平士よりも多いが、武士にとって石高よりは、身分がものを言う。どれほど石高が多かろうが、用人は加賀藩では陪臣《ばいしん》であり、たとえ五十石でも加賀藩の足軽は直臣になる。用人が阪中玄太郎と名乗った藩士に強く出られなかったのも当然であった。

「会おう。着替えるまで待たせよ」

約束なしの来訪は無礼として拒否もできる。前田孝貞は断らない代わりに待たせることにした。

「はい。茶菓はいかがいたしましょう」

「不要である」

接待はどうするかと尋ねた用人に前田孝貞が手を振った。

「……長いの」

さすがに供待《ともま》ちではなく、客間には通されたが、白湯《さゆ》の一杯も出されず、放置されては退屈どころの騒ぎではない。

八名の藩士たちが半刻（約一時間）をこえる放置に不満を見せた。

「おとなしくせよ。我らは押しかけた側である。お呼び出しに応じて、この扱いならば座を蹴っても当然だが、今回は我らに非がある」

さすがに一同をまとめるだけあって、阪中玄太郎は落ち着いていた。

「でござった」

「しかし……我らは国を憂いておる志ある侍でござる。相応の対応というものはございましょう」

藩士たちの反応は二つに割れた。阪中玄太郎に同意して、おとなしくしているべきだという者たちと、尊重されてしかるべしだという者たちである。

「お話をするまで待て」

もう一度阪中玄太郎が宥《なだ》めた。

「対馬じゃ。何用であるか」

そこへ待たせた詫《わ》びもなく前田孝貞がやって来た。

「ご多用のところ申しわけございませぬ」

阪中玄太郎が謝罪をし、一同がそれに倣《なら》った。

「……ふうむ」

頭を下げる度合いに差があるのを前田孝貞はしっかりと見抜いた。

「よい。で、用件はなんだ」

前田孝貞が世間話などもなく、阪中玄太郎たちを急がせた。

「本日は、対馬さまと胸襟《きょうきん》を開いて、お話を願いたく参上つかまつりました。対馬さまは、今の加賀藩を……」

阪中玄太郎が話を始めた。

## 二

評定所《ひょうじょうしょ》は江戸城辰《たつ》ノ口《くち》を出たところ、道三堀《どうさんぼり》沿いにあった。辰ノ口はその名の通りの辰の方向（東南）に位置し、道三堀は家康の侍医を務めた名医曲直瀬《まなせ》道三の屋敷がこの付近にあった名残である。

設立は寛永《かんえい》十二年（一六三五）に遡《さかのぼ》るが、当初は大老土井大炊頭利勝《どいおおいのかみとしかつ》、酒井讃岐守忠勝《さかいさぬきのかみただかつ》の屋敷で大名たちを呼び出し、その罪を問うていた。明暦《めいれき》の大火で偶然焼け残った辰ノ口の伝奏《てんそう》屋敷で仮住まいしていたが、後、その隣に移された。

「加賀藩筆頭宿老、本多政長でござる。御上《おかみ》のお召しにより参上いたしましてございまする」

五万石とはいえ、本多政長は陪臣でしかない。駕籠のまま評定所の門前まで乗り付けるわけにはいかず、少し手前で降りて徒歩《かち》で本多政長は評定所に訪ないを入れた。

「本多……」

門番を務める小人目付《こびとめつけ》が怪訝な顔をした。

小人目付は目付の配下で、身分はお目見《めみえ》以下、十五俵一人扶持《ぶち》で目付の雑用をこなすほか、諸方役所へ出務し、小者など身分軽き者の監察もおこなった。

「横山大膳《よこやまだいぜん》が参上すると聞いているが」

十五俵一人扶持でも幕府直参である。小人衆のなかには、三河《みかわ》以来の譜代が十八家あり、その見識は高く、一万石をこえる大名並みの家老であろうとも陪臣を格下として扱った。

「御上からのお召しでは、加賀藩江戸屋敷における者でもっとも高位な役職をとのことでございましたので、筆頭宿老を承っておりまするわたくしが参上いたしました」

「御上のお召しに筆頭宿老が応じる……当然のことであるな。ご同役」

小人目付が門を挟《はさ》んだ反対側に立つ同僚へ意見を求めた。

「御上への敬意を表するならば、そうあるべきであろう」

もう一人の小人目付もうなずいた。

「神野《じんの》」

本多政長が後ろに供として控えている行列差配《ぎょうれつさはい》を呼んだ。

「はっ」

小腰を屈《かが》めた姿勢でするすると近づいた神野が、紙に包んだものを本多政長に渡した。

「ご挨拶《あいさつ》でございまする」

本多政長が辞を低くして、小人目付たちに紙包みを差し出した。

「挨拶か。ならば受け取らねばならぬの」

「断るわけにも参りますまい」

二人の小人目付がうなずきあって、紙包みを受け取った。

「通していただいてもよろしゅうございましょうか」

「うむ」

最後まで敬虔《けいけん》な態度を崩さなかった本多政長を小人目付たちが認めた。

「供の者は五名までである」

「残りの者は、ここにいては邪魔になる。早々に立ち去れ」

「わかりましてございまする。神野、あと四人選べ。残りはさきに屋敷へ戻っておれ」

小人目付たちの注意を受けて、本多政長が指示をした。

「伊福部《いふくべ》、宗田《むねた》、高中《たかなか》、南部《なんぶ》、お供を」

「着替えもございますれば、挟箱《はさみばこ》持ちを一人よろしゅうございますか」

神野が指名しているのを横目で見ながら、本多政長が問うた。

本日、評定所へ出席する幕府方の役人は、老中、大目付、目付、寺社奉行、町奉行、勘定《かんじょう》奉行になる。その前へ出るのに、くたびれた旅装というわけにはいかない。

本多政長は、着替え一式を持たせてきていた。

「たしかに、ご老中さまにお目通りするには、いささかの」

「であるな。小者の一人くらいよかろう」

袖《そで》の下の力か、あるいは端《はな》から小者など勘定に入っていなかったのか、小人目付た
ちがすんなりと認めた。

「かたじけのうございまする。おい、刑部《おさかべ》」

本多政長が中間《ちゅうげん》の姿で、挟箱を担《かつ》いでいる軒猿頭《のきざるがしら》の刑部を手招きした。

「へい」

「ご無礼のないようにいたせよ」

頭を下げた刑部に、本多政長が注意をした。

「御免《ごめん》を」

五名の供と一名の小者を引き連れて、本多政長が評定所の門を潜った。


評定所では、すでに審議の場を統括する老中大久保《おおくぼ》加賀守忠朝《ただとも》、大目付坂本右衛門《さかもとうえもんの》佐重治《すけしげはる》、寺社奉行酒井大和守忠国《やまとのかみただくに》、町奉行北条《ほうじょう》安房守氏平《うじひら》、勘定奉行大岡備前守清重《おおおかびぜんのかみきよしげ》が正面に居並び、立ち会いを務める目付がその左右に控えていた。

「加賀藩家老到着いたしましてございまする」

評定所の当番を命じられた勘定方下役が報告した。

「では、旗本横山内記《ないき》長次《ながつぐ》をこれへ」

別室で控えている加賀藩江戸家老横山の分家、旗本五千石横山内記長次を大久保加賀守が呼び出せと命じた。

「はっ」

下役が一礼した。

「……横山内記参上いたしました」

隣室で待機していた横山長次が廊下で平伏した。

「襖際《ふすまぎわ》で控えおれ」

「はっ」

目付の指図を受けて、横山長次が審理の間最下段、襖際へ移った。

「よし、刻限である。加賀藩の者に参れと申せ」

「ははっ」

控えていた下役が従った。

幕府には妙な慣習があった。

吉事は午前中、凶事は午後というものである。これは良いことは少しでも早く、悪いことは少しでも遅くという、心遣《こころづか》いだとされていた。が、評定所への呼び出しは別であった。

評定所へ大名や旗本が呼び出される。どう考えても凶事でしかない。呼び出しが午前中であろうが、午後であろうが、関係ないのだ。

評定所への呼び出しが、かならず午後になるのは、ひとえに老中の執務時間の問題でしかなかった。天下のすべてを差配する老中は、多忙を極める。それこそ、一日十二刻では足りないくらいである。それでいながら、老中は江戸城中の御用部屋に、昼八つ（午後二時ごろ）までしかいられなかった。なぜなら、上司がさっさと下城してやらねば、下僚すべてが帰途につきにくいという、気遣いなのか、なんなのかわからない理由によった。

当然、すべての仕事が八つまでに終わるはずもなく、老中たちは下城した後も、屋敷で執務をおこなうのだが、やはり不便になる。

「これはどういうことだ」

問い合わせをかけようにも、担当の役人はいない。

「三年前と比べねば、詳細はわからぬな」

世間へ漏《も》らすことのできない資料などを屋敷へ持ち帰ることは許されていない。

「届けて参れ」

処理し終わったからといって、相手先へ持って行くこともできない。

満足な仕事が屋敷ではできないとなれば、少しでも城中御用部屋で片付けたいと考えるのは当然である。

「評定所の立ち会いなど……」

もともと老中が評定所でのことを差配するのは、当事者となった大名や、旗本を納得させるためであり、筆頭者として審議の場中央に座しているが、ほとんど口を出すことはしなかった。

つまるところ、評定所は老中にとって面倒な役目であるため、執務時間をすませてからとなるのは当然のことと言えた。

「加賀藩の者、入りまする」

下役が大声を上げた。

「一同」

「はっ」

「…………」

大久保加賀守の合図で、その場にいる全員が背筋を伸ばし、呼び出された者が現れるであろう庭に面した廊下を見つめた。

老中以下、幕府の役人が居並ぶなかへ引き出すことで、格式による圧迫をかけ、畏《おそ》れ入らせるための儀式であった。

「畏《かしこ》まれ」

小人目付の先導を受けた本多政長が廊下へ座した。

「な、なぜ、おまえがここに」

平伏した本多政長を見た横山長次が、場も忘れて立ちあがった。

「評定の場である。鎮《しず》まれ」

立ち会いの目付が鋭い声で横山長次を制した。

「ですが……」

「鎮まれと申した」

まだ抗弁しようとした横山長次に目付が冷たい目を向けた。

「……申しわけございませぬ」

目付の咎めを受ければ、五千石でも危うくなる。横山長次が一礼して座りなおしたが、本多政長を睨《にら》みつけるのは止めなかった。

「………………」

深々と平伏した本多政長は、熨斗目《のしめ》のきいた裃《かみしも》姿でとても金沢から夜を日に継いで急いで来たとは思わせなかった。

「お召しにより、参上いたしましてございまする。御一同さま方には初めて御意を得まする。加賀藩前田家にて筆頭宿老を仰せつかっておりまする本多政長と申しまする」

平伏したまま、本多政長がよく通る声で名乗った。

江戸城表御殿中之口《なかのくち》をあがってすぐにある蘇鉄《そてつ》の間《ま》には、各藩の留守居役《るすいやく》が詰めていた。

将軍の居城に陪臣のための部屋があるのは、幕府から各大名への申し伝えは、留守居役を通じておこなわれるからであった。

もちろん、藩の外交を担う留守居役がいつ来るかもわからない幕府の思し召《おぼめ》しを、ただ待っているだけということはなく、それぞれの利を生むための遣《や》り取《と》りがさりげない会話を装いながら火花を散らしていた。

そこへ加賀藩百万石前田家の留守居役瀬能数馬《かずま》が飛びこんできて、いきなり凪《な》いでいるように見えた雰囲気に石を投げこんだ。

「葉月《はづき》どの、一つ恩を借りさせてくだされ」

数馬が手を突いて、老中首座堀田備中守《ほったびっちゅうのかみ》正俊《まさとし》の留守居役葉月冬馬《とうま》に頼みこんだのだ。

「力を貸せと」

葉月冬馬が数馬の前へ座りなおして問うた。

留守居役には、小さなものは宴席での支払いから、大きなものでは家の存亡をかけたものまで、多種多様な貸し借りがあった。

貸し借りは基本として等価で相殺《そうさい》され、できるだけ早く決済をするのが決まりである。借りたまま長く放置していると、それはあらゆる意味での圧迫になる。

外交の場で相手に引け目を感じていては、端《はな》から勝負になるはずはない。それでは、留守居役がいる意味がなくなってしまう。

「……ふむ。百万石への貸しでござるか。次第によりますぞ」

中身がわからない限り、引き受けるわけにはいかないと葉月冬馬が慎重な態度を見せた。

これも当然であった。五代将軍綱吉《つなよし》の信頼厚い老中首座堀田備中守の留守居役ともなると、そのへんの大名や旗本よりも幕府への影響力は大きい。堀田備中守の名前を出せば、どのような無理難題も通るのだ。そして、その無理難題が生みだした結果の責任は堀田備中守へと来る。それだけに葉月冬馬が迂闊《うかつ》な貸し借りを避けようとするのも無理のないことであった。

「右筆《ゆうひつ》さまへの伝手《つて》をお借りしたい」

数馬が願った。

「……右筆を動かせと」

葉月冬馬の目が厳しくなった。

「おい、瀬能」

隣で見ていた蘇鉄の間当番の加賀藩留守居役五木《いつき》が数馬を制した。

「ここでは、他人の耳目がある」

留守居役同士の遣り取りを、他人に知らせるのは愚の骨頂である。将棋や囲碁で次にどこへ指すかを教えているようなものであり、簡単に対抗措置をとられる。

「そうであった」

葉月冬馬が今更《いまさら》のようにうなずいた。

「…………」

切羽《せっぱ》詰まっている数馬が気がつかなかったのと違い、葉月冬馬はわかっていてやっていた。それに気づいた数馬が黙った。

「……では、座を移しましょう」

一度息を深く吸った数馬が、葉月冬馬を蘇鉄の間の外へ誘った。

「いや、けっこうだ」

葉月冬馬が笑った。

「知っていながらと拙者を責められるようならば、ともに盃《さかずき》を交わす資格なしとするところであったが、見事とは言いがたいが呑みこまれた。いやいや、お若いと侮《あなど》っていたわ」

難しい外交をこなさなければならないだけに留守居役は、長く役人を務めた老練な藩士が選ばれる。留守居役にとって若いというのは、褒め言葉ではなかった。

「葉月どの……」

さすがの五木も眉《まゆ》をひそめた。

「すまぬ。すまぬ」

頭を掻《か》きながら葉月冬馬が先に立った数馬の後を追った。

「まったく……」

文句を言いながら、五木がその場に残った。他の留守居役たちが盗み聞きなどをしないように見張るためである。

なにせ老中首座と百万石の会談なのだ。誰でもその内容に興味を持つ。うまく知ることができれば、両家に貸しを作れる。

「ちっ」

立ち塞《ふさ》がった五木の耳に、誰かの舌打ちが聞こえた。

蘇鉄の間を出た数馬は葉月冬馬を誘って、少し外れた廊下の角へ移動した。

「ここでよろしかろう」

「結構でござる」

葉月冬馬が同意した。

「右筆を動かせとはなぜでござる」

「理由を話さねばなりませぬか」

「知っていたほうが、後々も便利だとは思われませぬかの」

「こちらの弱みを教えることになりますが」

「それを弱みとされるか、糸口とされるかは、そちらのご器量次第ではござらぬか」

「責任はどちらにせよ、こちらにあると言われるのでござるな」

「当たり前でございましょう。貴藩のことは貴藩でお片付けになるのが筋」

「なるほど」

述べた葉月冬馬に数馬がうなずいた。

「小沢兵衛《おざわひょうえ》は死にましたな」

「…………」

今度は葉月冬馬が黙った。

小沢兵衛はもと加賀藩の留守居役だったが金の使いこみがばれて逃亡、百万石の前田家の内情を知りたいと考えた堀田備中守が召し抱えた。

五代将軍の継承を巡って、一時敵対関係に陥《おちい》っていた加賀藩前田家と堀田備中守家だったが、綱紀と備中守正俊の会談で和解した。譜代ながら、歴史が浅く信頼できる一門や後ろ盾《うしだて》のない堀田備中守が、外様最大の百万石を味方にと考え、それに綱紀が価値を見い出した結果であった。

「小沢兵衛をお返しする」

和解の条件として、堀田備中守は小沢兵衛を切り捨て、加賀藩へ引き渡そうとした。

「売られたか」

長く留守居役を務め、雰囲気を読むのに長《た》けていた小沢兵衛は、両家の雪解けに気付き、己の立場が危うくなったことに感づいて逃げ出した。

結果として小沢兵衛は、逃げ出すために頼った江戸の無頼武田党《ぶらいたけだとう》の党首武田法玄《ほうげん》にも見捨てられて、命を落とした。

加賀藩も小沢兵衛を藩に引き取った後、死罪に処す予定ではあったので、結果は変わらなかったが、予想していなかった影響が出てしまった。

小沢兵衛を堀田家から受け取って加賀藩邸へ護送するはずだった目付《めつけ》たちが、武田党の襲撃を受けて全滅、大きな被害を出した。

「如何《いかが》」

数馬はそのことを持ち出して、葉月冬馬へ迫ったのであった。

「もとはといえば、小沢兵衛を最初に逃がしたのは、前田家でござろう」

小沢兵衛を出奔《しゆつぽん》させなければ、堀田備中守家とのかかわりは出なかったはずだと、葉月冬馬が反論した。

「おもしろいことを仰せになる。すべてそこまで遡るべきだと取りますがよろしいな」

「…………」

遡れるだけ遡って責任を追及するのが堀田家の流儀なのだなと念を押された葉月冬馬が黙った。

「つまり、小沢兵衛はずっと当家の管理下にあったと言われるわけでござるな。となれば、小沢兵衛が当藩の者だとわかっていながら、貴家はお召し抱えになられていた。これは、家臣の引き抜きになりまする。ご恩と奉公、家禄《かろく》をもらう代わりに奉公をするのが武士、その大前提を貴家は崩されると」

「……それは」

柄のないところに柄をつけたような言いがかりだが、葉月冬馬が逃げを打ったことが招いた議論になる。葉月冬馬が詰まった。

「ご恩と奉公、御上が言われる忠義の根源。それを堀田備中守さまは崩されると」

「待ってくれ。そこまで来られては困る」

難癖《なんくせ》ではあるが、強弁できない範疇《はんちゅう》ではない。数馬の言葉に葉月冬馬が手をあげた。

もちろん、簡単に論破できるが、葉月冬馬の主君は老中首座として君臨しているのだ。誹謗中傷《ひぼうちゅうしょう》の類でも痛手になった。

なにせ、堀田家の出自《しゅつじ》は織田家の家臣であり、徳川に従ったのは関ヶ原《せきはら》の合戦のあたりからなのだ。三河譜代と呼ばれる本多、榊原《さかきばら》を筆頭とする譜代大名、旗本から見れば新参者である。その新参が、古参の譜代を見下ろしている。このことに不満を持っている者は多い。

「堀田備中守は、忠義をおろそかにしている」

「あのような者が、上様の御信任を受けるのはいかがか」

そういった連中に口実を与えるのは、まずかった。

「右筆でございますな」

「さようでございまする」

降参した葉月冬馬が数馬に確認を求めた。

「御坊主衆」

葉月冬馬が遠目に見えるお城坊主を呼んだ。

「これは葉月さま」

お城坊主が深々と頭を下げて、権力者の懐刀《ふところがたな》への対応を見せた。

「瀬能どの」

「これを」

促された数馬が、預けられていた本多政長の出府届を差し出した。

「堀田備中守家として願うと付け加えてくれよ。昼ごろには受け取ったものだとな」

葉月冬馬が届《とどけ》を受け取ったお城坊主に念を入れた。

「これも……」

数馬が五木から許されている最大の金額を懐紙に包んで、お城坊主へ渡した。

「……これほど」

お城坊主が目を剝《む》いた。

「た、ただちに」

あわてて金を懐へ入れたお城坊主が駆け出そうとした。

「ああ、待て」

「葉月どの」

急ごうとするお城坊主の足を止めた葉月冬馬に数馬が非難の目を向けた。

「このこと、決して他言するな。噂《うわさ》が吾が耳に入ったとき、殿が動かれるぞ」

葉月冬馬がお城坊主に釘を刺した。

お城坊主は城中の雑用係である。

老中の執務する御用部屋にも出入りが許されており、それこそ城中の出来事すべてを知っていると言える。これをお城坊主は利用した。

お城坊主の禄は少なく、とてもそれだけでは生活できない。その足りないぶんを埋めるのが、城中の出来事、噂であった。直接目にしたこと、噂として耳にしたことを欲しがる大名や旗本へ持ちこんで金にする。こうしてお城坊主は、本禄の倍以上の金額を得ていた。

「堀田さまのお手を煩《わずら》わせるまでもございませぬ」

「ひっ」

陰の多い城中廊下の片隅でもわかるほど葉月冬馬の目は鋭く、数馬の声には殺気が籠《こ》もっている。

お城坊主が震えあがった。

「では、お願いする」

「頼みまする」

不意に二人が気配を柔らかいものに変えた。

「……は、はいっ」

ようやく動けるとばかりに、お城坊主が駆け出していった。

「……これでよろしいかの」

「かたじけのうございまする」

葉月冬馬に数馬が礼を述べた。

「これで小沢兵衛の借りは」

「返していただきました」

問うた葉月冬馬に数馬が首肯した。

「貸しは一ついただいたでよろしいな」

最初に数馬が貸し一つと言ったことを葉月冬馬が持ち出した。

「小沢兵衛の件と相殺では」

数馬が怪訝な顔をした。

「それは右筆を動かすことへの対価。お城坊主へ使った釘の代金をいただきたいと申しあげておる」

「……むっ」

思わぬところを突かれた数馬が詰まった。

お城坊主ほど口さがのない者はない。金だけではお城坊主の口は塞げなかった。そして、今回の絡繰《からく》りは、裏を知られたら意味がなくなる性質のものである。加賀藩の留守居役が顔色を変えたというだけで、お城坊主のなかの算盤《そろばん》は弾かれる。それを葉月冬馬は読み、老中首座という重石《おもし》でお城坊主の打算を破壊した。

「…………」

「ふふふふ」

黙りこんだ数馬に葉月冬馬が笑った。

「いや、面白い。貴殿はの」

葉月冬馬が微笑《ほほえ》んだままで要求を変えた。

「おぬし個人への貸し一つ。いかがかの」

「……承知いたした」

数馬への貸し、どこでどう返さなければならなくなるかわからないという恐怖はあるが、それで落としどころをつけてくれると言うのだ。藩への貸しではなくなっただけでもありがたい。

数馬は葉月冬馬の要求を認めた。

## 三

「ほ、本多……だと」

本多政長の名乗りに大久保加賀守が目を剝いた。

「どういうことだ、内記」

大久保加賀守が横山内記長次に問いただした。

「そなたの甥《おい》、大膳が来るはずであろう」

「それが、わたくしにもなにがなんだかわかりませぬ。確かに、本日の朝、加賀藩江戸家老横山大膳に評定所へ参るように命じましてございまする」

叱られた横山長次が大いに焦《あせ》った。

「加賀守さま、どうなされた」

大目付坂本右衛門佐が困惑の表情で尋ねた。

「呼んだ者と違う者が参ったのだ」

大久保加賀守が怒鳴《どな》るように返した。

「違う者……加賀藩縁《ゆかり》の者ではないとでも」

「そうではない」

「では問題ございますまい。すでに審議の刻限にもなっておりますすれば、そのまま進めてよろしいのでは」

首を横に振った大久保加賀守に、坂本右衛門佐が取りなした。

「我らが呼び出したのは、江戸家老じゃ。こやつではない」

大久保加賀守が前提が違っていると審議開始を拒んだ。

「そこな者」

埒《らち》があかないと感じたのか、坂本右衛門佐が本多政長に矛先《ほこさき》を変えた。

「もう一度名乗れ」

「はっ。加賀藩前田家筆頭宿老本多政長でございまする」

「本多……あの本多か」

坂本右衛門佐が気づいた。

「あのがなにを意味されるのかわかりませぬが、本多佐渡守正信の孫にあたりまする」

本多政長が認めた。

「おおっ、やはりそうか。面《おもて》を上げてよい」

感心した坂本右衛門佐が大久保加賀守の許しも得ず、本多政長に顔をあげていいと許可を出した。

これは、この場が前田綱紀が幕府へ偽りの届を出したかどうかという、大名にかかわる審議であるため、大目付が仕切るものであったからであった。

「畏れ入りまする」

本多政長が背筋を伸ばした。

「おおつ。この者があの神君家康さまの懐刀と称された本多佐渡守さまの末だと」

「まことでございまするか」

寺社奉行酒井大和守忠国や町奉行北条安房守氏平までが興奮した。

「…………」

立ち会い目付として、この場の静謐《せいひつ》を守らなければならない目付まで、じっと本多政長を見つめていた。

「そなたは似ておるといわれるのか」

寺社奉行酒井大和守が、本多政長の痩軀《そうく》を見て声をかけた。

「祖父を知る者どもによりますと、歳老いて益々《ますます》似て参ったと言われまする」

本多政長が苦笑した。

「似ておるのか。そうか、そうか。後で少し話を聞きたい。よろしいか」

「否《いな》やはございませぬ」

坂本右衛門佐の言葉に本多政長が応じた。

「では、早速に始めるといたそう」

「待て、右衛門佐」

審議を始めようとした大目付を大久保加賀守が止めた。

「その者は、この場にいてよい者ではない。審議はならぬ」

「いてよい者ではないとは」

坂本右衛門佐が首をかしげた。

「呼び出したのは、加賀藩江戸家老の横山大膳玄位《はるたか》である。そなたではない」

「そうなのか」

資格がないと言う大久保加賀守に、坂本右衛門佐が本多政長に問うた。

「はて、わたくしは御上からのお召しに応じたつもりでございまするが」

わからないと本多政長が怪訝な顔をした。

「当番下役、召し出し状の控えをこれへ」

坂本右衛門佐が下役に、召喚状《しょうかんじょう》を確認すると命じた。

「これに」

審議の場に用意されている書付《かきつけ》の第一と言ってもいい。すぐに下役が書付を坂本右衛門佐へ渡した。

「…………」

すばやく坂本右衛門佐が中身を確認した。

「問題はなさそうでございまするが」

坂本右衛門佐が大久保加賀守を見た。

審議を差配するとはいえ、役人として老中を無視はできない。坂本右衛門佐が書付を大久保加賀守へ提示した。

「前田加賀守へ評定所への召し出しを命じる。在国の場合は、それに代わる重職の出席を認める」

大久保加賀守が声に出して読みあげた。

「それに代わる重職……」

こういったものには、決まった文章がある。呼び出す人名を変えるだけで通用するようにひな形が用意されていた。そこには老中が介入する余地も、介入しなければならないという意志もなかった。

「筆頭宿老のわたくしで問題はないかと思いまするが」

本多政長が告げた。

「大膳はどうした」

横山長次が訊いた。

「屋敷に帰らせましてございまする。かの者はまだ若く、お召しに無礼があってはなりませぬゆえ」

距離の近い横山長次にだけ見えるていどに、本多政長が口の端を吊《つ》り上げた。

「くっ……」

おまえの策など見抜いているわと見せた本多政長に横山長次が苦い顔をした。

「ま、待て。そなたは国家老であろう。国家老がなぜ江戸におる」

横山長次が、今、気づいたとばかりに詰問した。

「そうじゃ。国家老の無断出府は重罪であるぞ」

大久保加賀守も本多政長を咎めた。

「上様より、お召し出しを受けまして、出府いたしております。すでに出府願いは御上へ出しておりますれば」

将軍綱吉に呼び出されたから、江戸へ来た。そのための手続きはすませてあると本多政長が応じた。

「ならば問題は……」

「まだじゃ。右衛門佐」

ふたたび審議を始めようとした坂本右衛門佐に大久保加賀守が首を横に振った。

「これ以上なにが……」

予定時刻を過ぎてしまう。役人にとって、決められた手順は金科玉条なのだ。坂本右衛門佐が非難するような口調を見せた。

「今、そこな者は上様のお召しに従うための届は出したと申した」

「たしかに聞きましてござる」

大久保加賀守の話に坂本右衛門佐がうなずいた。

「だが、もう一つあるだろう。国家老が江戸へ参ったときに出すべき届が」

「出府の届でございますな」

大目付は閑職に成り果てているが、旗本としては極官である。ここまであがってこれたのだ。坂本右衛門佐は能吏であり、届や書式に精通していた。

「それが出ておらぬ限り、こやつはまだ江戸に着いておらぬ。着いておらぬ者を詮議《せんぎ》することはできまいが」

大久保加賀守が本多政長へ扇子《せんす》を突きつけた。

現実に本多政長はそこにいる。だが、幕府の決まりに従うならば、届が出ていなければ、本多政長はまだ江戸にいないのだ。

こじつけではあったが、大久保加賀守の論は正しい。

「それがわかるまで、余がこの評定を許さぬ」

大久保加賀守が強権を使った。

「……そこまで仰せでございますか」

坂本右衛門佐が目を大きくした。

「両家の確執……か」

誰かが呟《つぶや》いた。

「なにを申したか」

呟きが聞こえた大久保加賀守が激した。

大久保加賀守家と本多佐渡守家には因縁《いんねん》があった。

二代将軍秀忠の腹心として権力を把握しようとした大久保相模守忠隣《さがみのかみただちか》は、大御所となって第一線から退いたはずの徳川家康側近本多佐渡守正信によって掣肘《せいちゅう》を加えられた。

「所領を召しあげ、近江へ配流とする」

大久保家は改易、忠隣は近江へ流され、失意のうちに没した。

その後、家康が死に本多佐渡守正信も続いたところで、腹心を傷つけられた秀忠が報復に出て、正信の嫡子《ちゃくし》宇都宮《うつのみや》藩主本多上野介正純《こうずけのすけまさずみ》を釣り天井を使って将軍を殺そうとしたというわけのわからない疑いで改易、配流にし、不遇に遭《あ》った大久保家をふたたび世に出したのだ。

結果、本多正信の系列は加賀の本多を残して壊滅に近い状態に追いこまれ、大久保家は老中として権門の地位に戻り、復讐を果たしたかのように見えたが、大久保加賀守の態度は、いまだ確執が消えていないことを証明していた。

「誰じゃと申しておる」

大久保加賀守がその場の全員を睨んだ。

「…………」

老中の怒りに、下役や廊下で本多政長に不穏な動きがあれば取り押さえようと控えていた小人目付が震撼《しんかん》した。

「加賀守さま、お平らになされよ」

坂本右衛門佐が宥《なだ》めた。

「聞き捨てよと申すか。大久保家を愚弄《ぐろう》したのだぞ」

大久保加賀守が坂本右衛門佐に食ってかかった。

「わたくしにはなにも聞こえませんでしたが。いかがかな、酒井大和守どの」

「さよう、わたくしも。北条どのは」

「なにも」

次々と否定されては、大久保加賀守もそれ以上こだわるわけにはいかなくなる。こだわれば、こだわるほど確執を認めることになる。そして、確執があるとなれば公平な裁きは望めないと、他の老中がこの件を担当するかも知れないのだ。

加賀藩へ痛手を与えてみせると豪語して用意した舞台から下ろされては、二度と綱吉から重用されることはなくなり、大久保家悲願の初代忠隣の領地小田原《おだわら》への復帰の夢は潰《つい》える。

「なれど、加賀守さまの仰せも正しい。届が出ているかどうかを確かめねばならぬ」

老練な役人らしく、坂本右衛門佐が大久保加賀守を立てた。

「かまわぬな、本多」

「ご随意になされませ」

確認を求めた坂本右衛門佐に本多政長が首肯した。

「目付」

「はっ」

坂本右衛門佐が立ち会い目付の一人に調べてくるようにと指図をした。

老中支配になる大目付は若年寄支配の目付の上司ではないが、いろいろと前例だ書式だとうるさい右筆を黙らせるための人選であった。

その意を汲《く》んだ目付が駆け出していった。

「しばし、休憩といたしたく存じまするが」

「かまわぬ」

顔色を窺《うかが》われた大久保加賀守が認めた。なにせ、この間は己が生みだしたのだ。

「よろしいか、御一同」

「結構でござる」

「よろしゅうござる」

役人も人には違いない。緊張をそう長くは続けていられない。皆がほっと肩の力を抜いた。

「…………」

本多政長の目が笑った。

最初にあった畏れ入れという雰囲気はもう霧散してしまっている。右筆への問い合わせの結果がわかって、再度審議が始まっても、もうあの厳粛《げんしゅく》な状況には戻せない。

「よろしいか」

横山長次が発言の許可を求めた。

「節度をわきまえるよう」

先ほどの乱れを目付が指摘した。

「わかっておりまする」

苦い顔で横山長次が首を縦に振った。

「本多よ。上様のお召しだと申したが、きさまごとき陪臣に上様が御用などありえるのか」

「さて、それは上様にお訊きいただきたく。わたくしは上様のお指図にただ従って、江戸まで急いで参っただけでござる」

問うた横山長次に本多政長が綱吉に投げた。

「お咎めであろう。でなくば、上様が……」

「お召しのご使者の方が吾が江戸屋敷へお見えの節に、祖父の話を聞きたいとのお言葉であったとお伝えくださいました。まことに名誉なことでございまする」

まだ追及しようとする横山長次を本多政長が将軍の名前を出すことで封じた。

「ほう、上様が」

坂本右衛門佐が興味を示した。

「本多どのよ。どのようなお話を上様に差し上げるつもりじゃ」

詮議の場ではない。家康をして生涯の友と言わしめた本多佐渡守正信への敬意もある。酒井大和守が本多政長への口調を柔らかいものにした。

「上様のお気に沿うかどうかわかりませぬが……」

本多政長が躊躇《ちゅうちょ》を見せた。

「どのような話だ。いや、上様より先に聞くのは不敬かの」

身を乗り出しかけた坂本右衛門佐が、ため息を吐いた。

「いかがでございましょう。この話を上様に差し上げてご無礼にならぬかどうかを、皆様にご判断いただくわけには参りませぬか」

わざと戸惑うような振りで本多政長が尋ねた。

「なるほど。それはそうだな。いかがでござる、加賀守さま」

「好きにいたせ。余は知らぬ」

坂本右衛門佐に声をかけられた大久保加賀守が横を向いた。

「加賀守さまも知らぬと仰せじゃ。ここだけの話にいたさねばならぬが、よろしいかの、御一同」

うまく坂本右衛門佐がことを持っていった。

「なにも聞いておりませぬぞ」

「わたくしも」

酒井大和守や北条安房守らが笑った。

「…………」

興味を隠せないのか、目付も止めようとしなかった。

「少し、わたくしは中座を」

そそくさと横山長次が席を立った。

「もったいないことをいたすな。神君家康さまのお話を聞く機会を逃すとは」

酒井大和守が首を左右に振った。

「聞きたくない者はよろしかろう。では、本多どの、独り言で頼むぞ」

「わかりましてございまする」

坂本右衛門佐の言葉に本多政長が頭《こうべ》を垂れた。

「祖父でございますが、一時、神君家康さまにお逆らい申しあげていたことをご存じかと思いまする」

「三河一向一揆のことだな」

本多政長に坂本右衛門佐が応じた。

今川義元《いまがわよしもと》の軛《くびき》から解き放たれ、三河岡崎《おかざき》城へ帰った徳川家康は領土を吾がものとして確定すべく、勢力を誇っていた一向宗の寺院へ手出しをした。

「守護不入の権を取りあげる」

なにがあっても一向宗の寺領、寺、僧侶には手出ししないという、代々の領主が保証してきた権利を剥奪《はくだつ》したのだ。

「傲慢《ごうまん》なり」

「仏敵ぞ、家康は」

たちまち一向宗が反発した。三河は一向宗の信徒が多いところで、家康の家臣たちもそのほとんどが一向衆徒であった。

「馬鹿な……」

家臣のじつに七割近くが家康を捨てて、一向宗側に付いた。

そのなかに本多正信も入っていた。

今川義元の圧政にも耐えた忠臣たちが、敵に回った。さすがの家康も応えたのか、しばしの戦いの後、守護不介入の権を認めるとして騒動を治めた。

「従来通りの忠節を期待する」

裏切って一向宗に与した家臣たちを家康は許した。

「お詫びをいたしまする」

「申しわけもございませぬ」

次々と帰参する家臣のなかに本多正信の姿はなかった。本多正信は三河の国を出奔して、あちこちを放浪した。

「神君家康さまのおもとを離れた祖父は、当初大和の松永弾正久秀《まつながだんじょうひさひで》どのに仕えましたが、すぐに辞し、その後加賀、大坂《おおさか》の一向一揆に参加し、織田信長公と戦いをしていたと伝わっておりまする」

「なんと家康さまのもとを離れていたと」

「ふん。本多は武士とも言えぬ卑《いや》しい身分の出だからの。忠義など端《はな》から持ち合わせておらぬ」

驚く坂本右衛門佐に対し、大久保加賀守が罵《ののし》った。

「一向宗に属している間に、祖父は鉄炮《てっぽう》を学んだと伝わりまする」

独り言だとの体を取っている。本多政長は大久保加賀守の侮蔑《ぶべつ》を無視した。

「……むっ」

「あのころの一向宗には、雑賀《さいか》、根来《ねごろ》という鉄炮衆が参加しておりました」

無視された大久保加賀守の機嫌がより傾いたが、本多政長は気にせずに続けた。

鉄炮は戦局を大きく変えるだけの力を持っているが、そうするためにはあるていどの数が要《い》る。国友《くにとも》や堺《さかい》で生産されるようになったとはいえ、その数は少なく、また高価なため、織田信長や一向宗など金に余裕のある者でなければ、揃《そろ》えることが難しい。ようやく三河と遠江《とおとうみ》を支配した家康では、十分な数を装備できていなかった。

「なるほど。国友はともかく、堺は石山本願寺《いしやまほんがんじ》の影響が大きい。そこで鉄炮を購えるようにするための伝手を作られたのか」

「それだけではございますまい。雑賀といえば、戦国一の鉄炮衆でござる。その戦の仕方を学ぶことは、かならずや家康さまのお力になる」

坂本右衛門佐と酒井大和守が本多正信の行動をいいように取った。

「そんなわけないわ」

大久保加賀守が苦く吐《は》き捨てた。


一人評定の間から離れた横山長次は、与えられていた控えの間へ足早に戻った。

「いかがなされました」

控えの間で待っていた家臣が、主君の顔色が悪いことに驚いた。

「横山大膳の屋敷へ行け」

「えっ……お見えではございませぬのか」

家臣が戸惑った。

「本多安房が代わりに来た」

「まさかっ」

本多政長の名前に家臣が絶句した。

「どこかで話がずれた。急ぎ、修正せねばならぬ。それには加賀藩筆頭江戸家老の肩書きが、大膳が要る。首に縄を付けても評定所へ連れてこいと富田《とだ》に伝えろ。富田は吾が意に従うと約束しておる。本日も行列の供頭《ともがしら》をしていた。よいか、富田だぞ、まちがえるな」

支離滅裂になりながらも横山長次が家臣へ命じた。

「はっ、はい。富田どのに、横山大膳さまをここへと伝言いたしまする」

要は加賀藩筆頭江戸家老横山大膳玄位の供頭に評定所までもう一度行列を連れてこいと言えばよいのだなと家臣がうなずいた。

「さっさと行かぬか」

横山長次が家臣を急《せ》かした。

「…………」

その様子を天井裏から本多政長の家臣で軒猿を差配する刑部が見下ろしていた。本多政長の着替えを手伝ったあと、刑部はひそかに評定所の天井裏に忍びこみ、状況を把握していた。

「要らぬことを」

刑部が眉間にしわを寄せた。

「殿のご策の邪魔だてはさせぬ」

刑部が決意で目を光らせた。

「横山長次が家臣、所用で通りまする」

主君の焦燥《しょうそう》振りに焦った家臣が、評定所を出るなり駆け出した。

「……………」

その様子を評定所の屋根から見張っていた刑部が、屋敷の屋根を伝って家臣の後を付けた。

「……そろそろよろしかろう。あまり殿から離れるわけにも参らぬ」

ちらと周囲を見て、他人目《ひとめ》の有無を確認した刑部が、家臣の先回りをして堀端《ほりばた》へ降りた。

「どけ、どけ」

正面に立っている刑部を武家奉公の小者と見た家臣が手を振って、道を空けろと叫んだ。

「へ、へい」

あわてた振りで刑部が避けようとしてよろめいた。

「この愚か者がっ」

刑部に体当たりされた家臣が体勢を崩しながら怒鳴った。

「ひえっ」

屈みこんで頭を刑部が抱えた。

「急いでおらねば、そのままに捨て置かぬものを……」

悔《くや》しげに残しながら家臣が、刑部に背を向けて走るのを再開した。

「……ふっ」

家臣に折檻《せっかん》をされたような振りで身を縮めながら、刑部が小さく右手を振った。放たれた小針が家臣の盆《ぼん》の窪《くぼ》に刺さった。

「かっ……」

盆の窪は人体最大の急所である。息をする、心臓を動かすなどのすべてを司《つかさど》る盆の窪はわずかな傷でも命にかかわった。

小さく息を吐くような声を漏らして、家臣がふたたび体勢を崩し、そのまま道三堀へと落ちた。

「おい、人が落ちたぞ」

「どこの馬鹿だ。昼間っから酔っ払っているんだろう」

水音に気づいた野次馬たちが集まってきた。

「戻らねば」

野次馬たちの興味が道三堀に向かっている隙《すき》に、刑部の姿は消えた。

家臣に指示を出した横山長次が評定の間へ帰ったときも、本多政長の話は続いていた。

「……豊臣《とよとみ》家を大坂に滅ぼすための方広寺鐘銘《ほうこうじしようめい》、国家安康、君臣豊楽という文字を認めたのも父でございました。すでに徳川の家臣として生きていくしかないと気づいていた片桐且元《かたぎりかつもと》どのが、鐘を造る前に是非を問い合わせてきたのでございましたが……」

片桐且元は賤《しず》ヶ岳《たけ》七本槍の一人に数えられるほどの武名を誇りながら、内政にも長けた人物で、最後まで豊臣家の家宰をしていた。

「詭弁《きべん》を弄《ろう》したのじゃ。武士の風上にもおけぬ輩よ」

大久保加賀守が罵倒《ばとう》した。

「認めたのはあくまでも本多正信であり、神君家康さまではなかった」

「なるほどな。汚名を被られたか」

酒井大和守が感心した。

大久保加賀守のように、本多正信の行動を誹《そし》るわけにはいかないのだ。それは本多正信を重用した徳川家康をも遠回しに非難していることになる。徳川家にとって神君と呼ばれる家康のやったことはすべて肯定《こうてい》されなければならなかった。

「そうおっしゃっていただきますると、祖父も本望でございましょう」

一礼して本多政長が話を終えた。

「いや、ためになった」

「孫子《まごこ》に聞かせてやりたい話でございますが、できぬのが残念な」

戦話《いくさ》に武士坂本右衛門佐、酒井大和守らが満足した。

「上様へのお話が終わってからならば」

本多政長が少しだけ待ってくれれば良いと述べた。

「目付はまだか」

なごんだ雰囲気を大久保加賀守が破った。

「いかがでござろう。刻限もござれば、そろそろ始めては」

このなかでもっとも多忙であろう勘定奉行大岡備前守が口を出した。

「そういたしていただきたい。拙者も御用が」

町奉行北条安房守も同意した。

「さようでござるな。話を進め、そこに城中からの返事が来たならば、それに合わせるということでいかがであろうか」

大目付坂本右衛門佐が折衷案《せっちゅう》を提示した。

「ならぬ。そやつが評定を受ける資格があるかないかこそ、大前提じゃ」

「さようでございまする。今、加賀藩筆頭江戸家老横山大膳に迎えを出しましてございまする。審議はそれからでお願いしたい」

大久保加賀守と横山長次が反対した。

「加賀守さまはまだしも……分をわきまえよ。そなたに評定の進行へ口出しする権はない。次はない。出ていかせるぞ」

坂本右衛門佐が不快を露《あら》わにした。

「……申しわけございませぬ」

この場にいなければ、横山長次の証拠は意味をなさなくなる。そこまでいかずともかなり効果を失うことはまちがいない。横山長次がうなだれた。

「ええい。さわがしいわ」

我慢できなくなったのか、大久保加賀守が怒声をあげた。

「……戻りましてございまする」

その直後、確認に出ていった目付が戻ってきた。

「どうであった。届は出ておらなかったであろう」

大久保加賀守が目付の復命を待たず、身を乗り出した。

「右筆のもとで確認いたしてまいりました」

「…………」

原本も見てきたと目付が言外に含めて続けた。

「加賀前田家筆頭宿老、本多政長の出府届、本日正午に右筆のもとへ届いておりました」

「なんだとっ」

「馬鹿な」

目付の報告に大久保加賀守と横山長次が目を剥いた。

「よろしゅうございますな」

ゆっくりと本多政長が一礼した。

# 第二章　言動の槍《やり》

## 一

　本多政長によって、身を謹んでおれと言われた加賀《かが》藩筆頭江戸家老横山大膳玄位《はるたか》は、本郷《ほんごう》の上屋敷へと駕籠《かご》を進めていた。

「よろしいのでございますか」

　駕籠脇に付いていた供頭《ともがしら》の富田《とだ》が問うた。

「なにがだ」

　本多政長の叱責《しっせき》を浴びて不機嫌な横山玄位が駕籠の扉を少し開けて、富田を睨《にら》んだ。

「内記さまのお言葉に反しておりましょう」

「仕方あるまいが。筆頭宿老《しゅくろう》たる本多安房どののお沙汰《さた》である。逆らえるわけなかろう」

横山玄位が腹立ちを声にのせた。

「その本多安房さまを失脚させることができるやも知れませせぬぞ」

「…………」

富田のそそのかしに横山玄位が黙った。

「殿が内記さまとのお打ち合わせの通りに、加賀藩本郷上屋敷に不逞《ふてい》の浪人が入りこみ、藩士、藩邸に被害が出たと証言なされれば、おそらくそれを否定された本多政長さまは厳しいお咎《とが》めを受けましょう」

富田が断定した。

基本として、幕府は各藩の藩士たちに咎めを与えることはしない。幕府は当主を把握するだけで、当主が幕府の意を受けて、藩内の粛清《しゅくせい》をおこなうという面倒な手立てを執《と》る。

しかし、直接幕府になにかをした場合は別であった。なにせ将軍はすべての武家の統領なのだ。その統領に陪臣《ばいしん》ごときが無礼を働く。これを見逃しては、幕府の、将軍の権威は地に落ちる。

もし、本多政長が評定所《ひょうじょうしょ》で嘘を吐《つ》いたとあれば、ただではすまなくなる。さすがにその場で死罪、あるいは切腹とまではいかないが、その場で取り押さえられる。

「藩に、藩主に罪を及ぼしたくなければ……」

そして脅《おど》される。

家臣として藩に迷惑をかけるまねだけはできない。

「お庭先をお借りしたい」

切腹して罪を清算することとなる。

「本多政長どのがいなくなれば、五万石の本多家も……」

富田がまだ続けた。

当主が幕府を怒らせ、切腹したとなれば、藩としてもなにがしかの罪を科さなければならなくなる。

「嫡男《ちゃくなん》主殿《とのも》政敏《まさみち》に切腹を命じ、領地を半減する」

連座は避けられないのだ。

五万石というそこいらの譜代大名を凌駕《りょうが》する陪臣一の名門は、たちまち罪に汚れ、その力と地位を失う。

「そうなれば、殿が筆頭宿老の地位に」

横山家の家禄《かろく》は二万七千石で、本多家、長《ちょう》家に次いで加賀藩第三位になる。本多家が半知二万五千石に落ちれば、二位にあがる。さらに長家はもともと能登《のと》の国人で前田家に従属したという経緯があり、譜代ではなく客人扱いを受けているため、石高が多くとも筆頭宿老にはなり得ない。

「筆頭宿老……」

少し横山玄位の心が動いた。

「失礼をいたしました。筆頭宿老ではございませぬ。譜代大名でございました」

富田がわざとらしい対応をした。

「そうじゃ。そうであった」

横山玄位が手を打った。

加賀藩前田家最大の危機は、豊臣秀吉《ひでよし》の後を追うようにして初代前田利家《としいえ》が死んだ直後にあった。

「吾《わ》が死後三年は国に帰るな」

前田利家が念を押していたにもかかわらず、二代目藩主前田利長《としなが》は徳川家康の勧めに応じて金沢へ戻った。

「前田家に謀叛《むほん》の兆しあり」

待っていたかのように上方に不穏な噂《うわさ》が流れた。

「不忠者の前田を討つ」

家康が加賀征伐を言い出し、前田家は窮地に陥《おちい》った。

それを救ったのが、横山玄位の曾祖父横山長知《ながちか》であった。

「諸事を預ける」

前田利長から交渉の一切を任された横山長知は、単身大坂へ出向いて家康に陳弁し、ついに加賀征伐を中止させた。その代わり、前田利長は実母まつを江戸へ人質に差し出す結果となったが、とにかく加賀は無事に残った。このとき横山長知も次男を家康に人質として預けており、それが旗本横山内記長次であった。

つまり横山家は、本家が陪臣、分家が直参《じきさん》旗本という格式ねじれを起こしていた。一族の法要などでは、横山玄位が上座に就けるが、公式な行事となると分家の横山長次が上になる。

これを横山玄位はなんとかしたがっていた。

「だが、本多安房どのの……」

年若い横山玄位は本多政長の気迫に押されていた。

「いかがでございましょう。評定所の手前で控えていては。なにかあれば内記さまがお報せくださるはずでございまする。それから動かれても大事ないかと。もし、なにごともなく本多安房さまがことを治められたら、そのまま屋敷へお戻りになられれば……」

「屋敷で小さくなっているよりましか」

富田の勧めに横山玄位がその気になった。

「よし、駕籠を戻せ」

「はっ」

横山玄位の指示に富田がうなずいた。

本多政長の出府届が出ていると聞いた大久保加賀守と横山長次が呆然《ぼうぜん》となった。

「これで評定を始めるにご異論はございませぬな」

「その届は偽りでございまする」

確認した坂本右衛門佐《うえもんのすけ》に横山長次がまだ抵抗をしようとした。

「よろしかろう」

「問題ございませぬ」

「結構でござる」

寺社奉行、町奉行、勘定《かんじょう》奉行が横山長次を無視してうなずいた。

「よろしゅうございますな」

一人反応をしなかった大久保加賀守へ坂本右衛門佐が再度問いかけた。

「かまわぬ」

「加賀守さまっ」

大久保加賀守が認めたのに、横山長次が絶句した。

「では、横山内記長次からの訴状について評定を始める。下役、訴状の内容を」

坂本右衛門佐が評定を開始した。

「訴因は、加賀藩前田家上屋敷が、無頼《ぶらい》の者によって侵《おか》されたにもかかわらず、御上《おかみ》に対し奉《たてまつ》り、そのじつを隠蔽《いんぺい》し、なにごともなかったかのように偽ったというものでございまする」

下役が説明した。

「うむ」

うなずいた坂本右衛門佐が横山長次へ顔を向けた。

「相違ないの」

「ございませぬ」

まちがいないと訊《き》かれた横山長次が首肯《しゆこう》した。

「本多政長、そなたはどうじゃ」

続けて坂本右衛門佐が本多政長に問うた。

「畏《おそ》れながら、申しあげまする。当家江戸上屋敷門前で無頼なる者どもが暴れましたことはたしかでございまするが、門を侵されたことなどございませぬ」

「嘘を吐くな」

答弁した本多政長に横山長次が嚙《か》みついた。

「許されたとき以外、口を開くな」

立ち会いの目付《めつけ》が横山長次を叱《しか》った。

「ですが……」

「黙れと申した」

「…………」

反論しようとして目付に睨みつけられた横山長次が黙った。

「その後はどうした」

坂本右衛門佐が本多政長に無頼襲撃の後始末を問うた。

「無体を仕掛けてきた者どもを討ち果たし、その後ただちに町奉行さまへお報せをい

か」

「なぜ、町奉行にいたした。目付あるいは大目付へなすべきだとは思わなかったの
たしましてございまする」

坂本右衛門佐が問いただした。

「門を破られたとあれば、大目付さまにお届けせねばなりませぬが、当家門前とはい
え、天下の公道。襲い来たのは無頼、どちらも町奉行さまのご管轄《かんかつ》でございまする。

町奉行さまのお手を煩《わずら》わせるのは本意ではございませぬが、ご報告いたさねばならぬ
と考えましてございまする」

本多政長が門は破られていないと強調した。

「なにを言う、屋敷のなかに無頼が入ったであろう」

「内記」

また口を出した横山長次を目付が鋭く制した。

「…………」

横山長次が言いたいことは言えたと口を閉じた。

「北条安房守《あわのかみ》」

評定の場である。役目柄だと坂本右衛門佐が町奉行を呼び捨てた。

「現場に参りました与力、同心の報告によりまするると、前田家の表門にはなんら異常は見られなんだとのことでござる」

北条安房守が答えた。

町人が武家を訴えたときでもなければ、評定に参加しない町奉行がこの場にいるのは、このためであった。

「うむ」

坂本右衛門佐がうなずいた。

「横山内記、聞いたであろう。町奉行の言葉を、そなたは疑うと申すのか」

訴追を引っこめる気はないかと坂本右衛門佐が尋ねた。

「町奉行さまの言を疑うなどとんでもないことでございまする。たしかに前田家の表門は無事であったのでございましょう」

横山長次が認めた。

「…………」

それを聞いた本多政長が口の端をかすかにゆがめた。

「ですが、前田家の屋敷は無頼によって大きな被害を受けておりました。その動かぬ証拠をわたくしは持っておりまする。いいえ、お目付さまにお預けいたしておりますする」

自信ありげに横山長次が胸を張った。

「ほう。それはなんじゃ」

坂本右衛門佐が証拠を見せろと横山長次を促した。

「たしかに預かっております。こちらで」

目付が評定の場に持ちこんでいた紙包みを、前に出した。

「持って参れ」

「はっ」

坂本右衛門佐の指図で下役が動いた。

「……開けよ」

目付のもとから紙包みを運んできた下役に坂本右衛門佐が命じた。

「…………」

下役が紙包みを開いた。

「これはなんだ……板のようだが」

下役に持たせたまま、坂本右衛門佐が板を見つめた。

「加賀藩前田家上屋敷のなかにございまする長屋の壁板でございまする」

「長屋の壁板……なぜ、そのようなものを持ち出した」

横山長次の答えに坂本右衛門佐が困惑した。

「よくご覧くださいませ。板の端を」

「どこだ……なにやら黒いものが付着しておるようだの」

言われた坂本右衛門佐が目をこらした。

「血でございまする」

「なんだとっ」

横山長次の言葉に坂本右衛門佐が急いで顔を離した。

「そのような汚れたものを評定の場へ持ち出したというか」

坂本右衛門佐が怒った。

「たわけがっ」

黙って遣《や》り取《と》りを見ていた大久保加賀守が、血を忌避《きひ》した坂本右衛門佐を叱咤《しった》した。

「武家が血を嫌ってどうするのだ。武家は血をもって繁栄してきたのであるぞ」

「さようでございました。恥じ入りまする」

武士の歴史をもって諭《さと》した大久保加賀守に坂本右衛門佐が謝罪した。

「内記、この血はなんだ」

坂本右衛門佐があらためて問うた。

「無頼に襲われて死した、武士として情けなき加賀藩の者の血でございまする」

横山長次が軽蔑《けいべつ》の眼差《まなざ》しで本多政長を見た。

「本多政長、まことであるか」

坂本右衛門佐が静かに端座《たんざ》を続けている本多政長に訊いた。

「まことかどうか、申しあげようもございませぬ」

「なぜじゃ」

困惑した様子の本多政長に坂本右衛門佐が首をかしげた。

「まず、その板が当家の長屋のものだという証《あかし》はございましょうか。その辺の普請場から拾ってきたものにしか、わたくしには見えませぬ」

「なにを言うか、儂《わし》が直接加賀藩前田家の上屋敷から持参したのだぞ」

認めない本多政長に、横山長次が言い返した。

「よろしゅうございましょうか」

本多政長が横山長次と直接やりあっていいかと坂本右衛門佐に求めた。

「許可する」

坂本右衛門佐がうなずいた。

「では、横山内記さま、その板を当家上屋敷敷地内より持ってこられたと仰《おお》せになりましたな」

「そうだ。儂が本郷の上屋敷で手に入れたものである」

確かめた本多政長に横山長次が首を縦に振った。

「たしか、当家は貴殿に出入り禁止を申し渡していたはずでございますが」

「それがどうした」

「出入り禁止を命じられた屋敷に勝手に入りこんだ。それを世間では賊、あるいは無頼と申すのでは」

「筆頭江戸家老横山大膳の許しを得ておる」

横山長次が無断ではないと言い返した。

「右衛門佐さまにお伺いいたしまする」

「なんじゃ」

本多政長に顔を向けられた坂本右衛門佐が応じた。

「藩主が命じました出入り禁止を江戸家老が解いてもよろしいのでしょうか」

「好ましいものではないが、やむを得ぬ場合などはいたしかたあるまい」

本多政長の質問に坂本右衛門佐が告げた。

「ほれ見よ」

「そのやむを得ぬというのはどのような場合でございましょう」

勝ち誇る横山長次を相手にせず、本多政長は重ねて訊いた。

「そうよな、まず当主が不慮《ふりよ》の死を迎え、新しい当主が家督《かとく》を継ぐまで。あとは、その者を早急に屋敷へ迎え入れねばならぬ状況ができたときか。たとえば、急病、あるいは身内の不幸などというところかの」

坂本右衛門佐が答えた。

「そのどれに当たるのでございますかな、内記さま」

「うっ……」

本多政長に見つめられた横山長次が詰まった。

「殿は国元にご健在。出入り禁止を解くにふさわしい理由があるなれば、国元へ問い合わせても往復で十日ほどですみまする。次に、旗本横山家にかかわる者は江戸屋敷に住まいしておりませぬゆえ、急病も今際《いまわ》の際もございませぬが」

「…………」

「その板が当家のものだとすれば、勝手に入りこんで持ち出したとなりますぞ。それは盗賊の行為」

口をつぐんだ横山長次を本多政長が糾弾《きゅうだん》した。

「待て、本多」

大久保加賀守が声を発した。

「先ほど条件にある、その者を受け入れねばならぬ急な事態というものに、無頼の襲撃は入るであろう。江戸家老の横山大膳は若いと聞く。歳若なものに、そういった異常事態への対応はいささか厳しいであろう。近い一門で手慣れた先達《せんだつ》に助けを求めるのは、おかしくないと余《よ》は考える」

「仰せの通りでございまする。わたくしは大膳の求めに応じて、加賀藩上屋敷まで参ったのでございました」

大久保加賀守の援護に横山長次が気を取り戻した。

「ご無礼ながら、ご老中さま」

「なんじゃ、本多」

反論するぞと宣言した本多政長に、大久保加賀守が嫌そうな顔をした。

「緊急なものではなかったと、当家は御上に届けておりますが」

「それでは足りぬと横山大膳は判断いたしたのであろう」

本多政長の申し立てを大久保加賀守がいなした。

「北条安房守さま。先ほど当家の門には異常がなかったと仰せになられました」

「うむ」

同意を求めた本多政長に北条安房守が認めた。

「大目付さま、表門が開いていなければ、当家に異常はないと」

「そうであるな。火事であっても表門が開かぬ限り、火消しは入らぬのが決まり」

本多政長の問いかけに坂本右衛門佐がうなずいた。

これも幕府の慣例であった。江戸における大名、旗本の屋敷は出城の扱いを受けた。なかでも上屋敷は幕府も格別の扱いをした。

出城である限りは、許可なくの出入りは戦《いくさ》の口実になる。今回の評定も上屋敷は加賀藩の出城であり、江戸における顔だというに、無頼に侵されるとはなんとも情けないことである、とても外様最大の百万石を預けるにふさわしくないという、武士の名誉をたてにしたものである。それだけ表門の意味は重かった。

「当家の表門は閉じておりました。それでも緊急であったと」

本多政長は幕府の決まりに反するぞと、大久保加賀守に正論を突きつけた。

「…………」

大久保加賀守が答えを返さなかった。

「それに当家の横山大膳が、横山内記さまを屋敷へ呼んだとされているのは、昨日でございまする。あの騒動から何日経《た》っておりましょうか。筆頭江戸家老だと申すのならば、当日、遅くとも翌日には上屋敷に入り、後始末の指揮を執らなければなりませぬ」

「そうじゃな」

「たしかに」

遅すぎるという本多政長の意見を坂本右衛門佐と酒井大和守《やまとのかみ》が認めた。

「そこで己《おのれ》の手に負えぬと理解したとして、頼るべきは一門ながら他家の者か、国元の宿老のいずれでしょうや。当家が薩摩《さつま》か長州《ちょうしゅう》だというならばまだしも、金沢でございまする。それに当家には上様のご諚《じょう》を少しでも早く、国元へ報せるための足軽継《あしがるつぎ》がございまする。これを利用すれば、往復で五日もあれば足りまする。それらを使わず、いきなり他家を頼るのは、いささか奇異」

本多政長が怪訝《けげん》な顔をした。

「一理あるの」

参勤交代しない旗本の坂本右衛門佐はなにも言わなかったが、大名である酒井大和守がうなずいた。

「それだけ国元が頼りなかったのでございまする」

横山長次が本多政長を睨みながら言った。

「うむ」

吾が意を得たりと大久保加賀守が首を縦に振った。

「国元の我らが頼りないといたしたところで、殿にお話をせぬのは独断が過ぎましょう。まさか、殿まで器量不足だと申されるのではございますまいな。内記さま」

本多政長が凄《すご》んだ。

「……そう感じたのだろう、大膳は」

横山長次が横山玄位がしたことだと逃げた。

「なるほど。大膳は殿が頼りないと。では、そんな頼りない殿に仕えるのは苦痛でございましょう。早速国元へ人をやり、横山大膳玄位の家老職を解き、藩籍から削るようにと言上《ごんじょう》いたさねばなりませぬな」

主君の器量に不満があるとなれば禄を返し、浪人するしかなくなる。禄をくれているのは主君であり、仕えるに値しないと見限った家臣の面倒まで見る道理はなかった。

「それはっ……」

横山長次が顔色を変えた。加賀藩から捨てられた横山玄位の面倒を見るのは己になる。本多政長の言いぶんは、横山長次の痛いところを突いていた。

「それはあまりに短慮であるぞ。横山大膳は若いと聞く。つい、国元を頼るというのを失念したのであろう。加賀の前田家に功績ある横山家を潰《つぶ》すのは、よろしくない」

またも大久保加賀守が助け船を出した。

「……………」

あからさまな安堵《あんど》を横山長次が見せた。

「お叱りかたじけのうございまする」

本多政長が大久保加賀守へ腰を折った。

「仰せの通り、国元への連絡を失念したといたしましょう」

わざとそこで本多政長が言葉を切った。

「藩存亡の危機とまでは申しませぬが、大事でございまする。そのようなとき、まず最初に頼らせていただくべきは……」

本多政長が横山長次ではなく、居並ぶ一同を見た。

「ご老中大久保加賀守さま、あるいは大目付の坂本右衛門佐さま。お二方のどちらかでなければなりませぬ。このような他家のものを黙って持ち出し、それを使って御上へ訴え出るような表裏比興《ひょうりひきょう》のものではございませぬ」

舌鋒鋭く、本多政長が横山長次を糾弾した。

## 二

「きさま、陪臣の身で直参を誹謗中傷《ひぼうちゅうしょう》するか。ぶ、無礼であるぞ」

本多政長の言動に横山長次が憤慨《ふんがい》した。

「直参とは片腹痛いわ。直参とは、武家の頭領であらせられる将軍家をお守りする武士のなかの武士。こちらにおられる方々のような御仁のことである。己の本家が仕えている大名家の粗《あら》を探し、痛めつけてやろうなどと考えるような輩《やから》ではない」

「なっ、なっ」

強烈な非難に横山長次が目を白黒させた。

「きさまには武士の情けがない。当家にそのような事実はないが、万一なにかがあったならば、それをかばうのが花も実もある直参であろう。違うか」

「…………」

武士、いや旗本にたらずと詰問《きつもん》された横山長次が焦《あせ》った。

「なにより、加賀藩を救ったのはそなたの父ぞ。横山山城守《やましろのかみ》長知どのがおられたからこそ、加賀藩は家康さまのお許しを得られた」

わざと本多政長は家康の許しを得たと口にした。幕府にとって家康は絶対の基準になる。こう言われても加賀藩に手出しをすれば、家康の許しを無にしたと言われかねない。もちろん、家康の言葉などそのとき限りで、永遠を保証するものではないが、躊躇《ちゅうちょ》させるていどの効果はある。

「そなたは、お父上のなされた業績に泥を塗られたのだ。さぞや泉下で山城守どのが嘆いておられることであろう」

「……父の業績など」

「不要だと言うか。そなたがいただいている禄は、家康さまがそなたの父の功績を認めて下し置かれたものだ。まさか、吾が手で摑《つか》んだなどと思いあがっておるまいな」

「五千石は、人質となって江戸で辛《つら》い思いをした拙者を家康さまが哀れんでくださったものじゃ。父は関係ない」

「この慮外者《りょがいもの》がっ」

吾が手柄だと口にした横山長次を本多政長が怒鳴りつけた。

「本多、鎮《しず》まれ」

「直参旗本への不敬になるぞ」

さすがに見逃せなかったのか、目付が本多政長を注意した。

「そうだ。儂は直参じゃ」

目付たちの叱責に力を得た横山長次が元気を取り戻した。

「いいえ、取り消しませぬ」

詫《わ》びぬと本多政長が首を左右に振った。

「これ」

「直参旗本を侮辱するは、ひいては上様を軽視することに繫《つな》がる」

逆らった本多政長に目付たちが目を厳しくした。

「どれだけの罪を下されましょうとも、取り消しませぬ」

頑《がん》として本多政長が抗《あらが》った。

「きさまっ」

目付の一人が本多政長を取り押さえようと立ちあがった。

「この横山内記は、神君家康さまを侮蔑《ぶべつ》いたしました。それを見過ごしたとあっては、亡くなった祖父に顔向けできませぬ」

本多政長が眼差しを強くした。

「どういう意味だ」

腰を浮かせた目付がそのままの体勢で問うた。

「先ほど、こやつは人質で辛い思いをしていると申しました」

「たしかに」

「聞いた」

本多政長の確認に二人の目付が認めた。

「こやつは神君家康さまのもとへ人質に出されたことを名誉ではなく、辛いと申しました。ご自身も幼少のみぎり、織田、今川《いまがわ》の人質となってご苦労をなされた家康さまでございまする。武士の情もお持ちの家康さまが、人質として預けられた子供を辛い目に遭《あ》わされましょうや」

「それはっ……」

「それだけならまだしも、こやつは己の禄を家康さまの詫びだとまで言い放ちましてございまする。人質で辛い思いをさせたから五千石で勘弁しろと家康さまが詫びられたと」

言いわけをしようとした横山長次に本多政長が追い討ちを加えた。

あからさまな言い換えではあるが、そう取れないわけではない。

「横山内記」

目付の一人が、低い声で横山長次の名前を呼んだ。

「止《や》めよ」

大目付の坂本右衛門佐が目付を制した。

「今は、横山の評定ではない」

「ですが……」

家康を誹謗したとあっては見逃せない。

「後にせい」

咎めるのは止めないと坂本右衛門佐が告げた。

「はっ」

ならばと目付が退いた。

「本多政長、少し、落ち着け」

「……神聖な評定の場を乱しました。ご無礼をいたしましてございまする。どうぞ、この身一つでご寛容下さいますよう」

切腹して詫びると本多政長が頭《こうべ》を垂れた。

「馬鹿を申すな。神君家康さまのお名前を守ろうとした者を咎めることなどするはずなかろう。のう、御一同」

「さよう」

「まったくでござる」

坂本右衛門佐の問いかけに寺社奉行たちがうなずいた。

「…………」

一人大久保加賀守だけが無言で顎《あご》を上下させるだけで言葉を発しなかった。

「評定を再開せずともよいと存ずるが、いかがか」

かなりときも経っている。

「結構でござる」

「右衛門佐さまのお指図に従いましょう」

坂本右衛門佐の意見に酒井大和守らが同意した。

「待て、本日は座が荒れた。もう一度やり直すべきであろう」

大久保加賀守が結審するには早いと異を唱えた。

「ふむ」

評定を仕切る大目付の坂本右衛門佐が困惑した。

老中は幕府でもっとも権力を持っている。その老中の発言は重い。

「畏れながら……」

「なんじゃ」

本多政長の言葉に坂本右衛門佐が反応した。

「明日以降、上様のお召しを待たねばなりませぬ」

「そうであったの。上様のお召しでそなたは江戸へ出てきたのであったな」

本多政長に言われて坂本右衛門佐が思い出した。

「次がいつか決められぬのは……」

多忙を極める勘定奉行、町奉行が嫌そうな顔をした。

「右衛門佐さま」

「またか、なんじゃ」

また声を出した本多政長に坂本右衛門佐が面倒そうな顔をした。

「かつて評定は、執政筆頭のお方のお屋敷でなされたと聞き及んでおりまする」

「評定所ができるまではそうであった」

坂本右衛門佐が首肯《しゅこう》した。

「上様のお召しが終わり次第、わたくしが老中首座堀田備中守《びっちゅうのかみ》さまのもとへ参じましょう」

「堀田備中守さまのもとへか」

本多政長の提案に坂本右衛門佐が思案した。

「この一件は余が担当しておる」

大久保加賀守が不快を見せた。

「しかし、お屋敷で評定となれば、執政筆頭のお方でなければ……」

下役がおずおずと述べた。

「むう」

前例を出されては強行できない。そこまでしてかかわりたいのはなぜだと、他人の興味を引くことになってしまう。

大久保加賀守が唸った。

「ご一緒くだされればよろしいのでは」

「儂も堀田備中守さまのお屋敷へ参れと。それはならぬ。天下を担《にな》う執政が、このていどのことに二人も手を取られるわけにはいかぬ」

本多政長の案を大久保加賀守が否定した。

「なにかこだわられることでもございますのか」

本多と大久保の確執を知っていて坂本右衛門佐が尋ねた。

「ない」

それを認めることはできない。天下の老中が陪臣を相手に真剣な喧嘩《けんか》をしたなど、恥でしかなかった。

「では、大久保加賀守さまのお名前で決するならば、今しかございませぬな」

坂本右衛門佐が言った。

「わかった」

大久保加賀守が退いた。

「前田家に問題はなし。これでよろしいな」

「異議ございませぬ」

「同じく」

賛否を問うた坂本右衛門佐に一同が賛成した。

「それでは、この板が……」

「まちがいなく前田家の板だとの証は」

最後の抵抗をした横山長次に坂本右衛門佐が詰問口調で問うた。

「それはわたくしが……」

「盗んだと認めるのだな」

「…………」

まだ言い募ろうとした横山長次に坂本右衛門佐が険しい顔で確かめ、無言で目付が構えた。

「……いいえ」

横山長次が頭《こうべ》を垂れた。

「では、これにて評定を終わる」

坂本右衛門佐が宣言した。

「ははっ」

本多政長が平伏した。

入ってきたときとは逆に、今度は大久保加賀守、坂本右衛門佐らが先に評定の場を去っていく。全員がいなくなるまで本多政長は平伏を続けなければならなかった。

「よろしかろう。面《おもて》を上げよ」

立ち会い目付が、許可を出した。

「かたじけのうございました」

顔をあげた本多政長が、立ち会い目付、下役たちにもう一度頭を下げて礼を述べた。


「横山長次、そなたは控えおれ」

本来なら本多政長より先に評定の場を去れる横山長次を、目付が足留めした。

「ああ、本多」

「はっ」

立ち会い目付の指図で本多政長が腰をあげた。

「去れ」


廊下を進みかけた本多政長を目付の一人が止めた。

「この板はどうする」

目付が横山長次が持ちこんだ板を示した。

「どこのものともわからぬ板など、不要でございまする」

「なれば、こちらで処分いたすとしよう」

要《い》らないと首を左右に振った本多政長に目付が小さく笑った。

「では、御免《ごめん》を」

本多政長が歩みを再開した。

# 三

堀田備中守家の留守居役《るすいやく》葉月冬馬との交渉を終えた数馬は、江戸城表御殿《おもてごてん》を離れて辰《たつ》ノ口《くち》の評定所へと戻った。

「殿、あれは横山大膳さまのお行列ではございませぬか」

どれだけ急いでいても、城中と呼ばれる廓内《くるわない》では走ることを禁じられている。ともに早足と言いわけできる速度で進んでいる家士の石動庫之介《いするぎくらのすけ》が前方を指さした。

「なんだと、横山大膳どのならば、本多さまより帰れと……」

数馬も気づいた。

「たしかに駕籠の外に立っておられるのは、横山大膳どのだ」

本人がいるとあれば、見間違うはずもない。

「行くぞ」

「はっ」

数馬が石動庫之介を促した。

「横山さま」

陰でどの呼びでも、面と向かってはまずい。数馬が横山玄位に声をかけた。

「……そなたは、留守居役の瀬能」

横山玄位が嫌そうな顔をした。

「それ以上はならぬ」

「近づかれるな」

行列の横山家臣たちが、数馬と石動庫之介を制止した。

「お屋敷へお戻りになられたのではございませぬか」

足を止めた数馬が詰問した。

「…………」

横山玄位が黙った。

「筆頭宿老の本多さまより、屋敷へ帰り謹慎しておれとのご下知がございましたはず」

「…………」

それにも横山玄位は答えなかった。

「いかに留守居役とはいえ、その口調は無礼でありましょう」

横山玄位の後ろに控えていた富田が数馬に苦情を申し立てた。

「そなたは」

「供頭を務めまする富田と申す者」

数馬の誰何《すいか》に、富田が答えた。

「供頭だと。なんともはや役立たずな」

「なにっ」

あきれた数馬に富田が眉《まゆ》を引きつらせた。

「であろう。筆頭宿老さまの命《めい》を無視したのだ。主君を諫《いさ》めて、無事に屋敷まで行列を差配するのが供頭の役目であろうが。それをのこのこ評定所まで戻って来るとは、役立たずと言わずして、なんと言う」

「…………」

正論に富田が口をつぐんだ。

「今ならば見逃してくれる。さっさと横山大膳さまを御駕籠へお乗せして、屋敷へ戻れ」

数馬が富田を叱りつけた。

「殿のご命なく、勝手なまねなどできぬ」

「大膳さま、いかがなさいますや」

富田の反論に数馬が横山玄位を見た。

「ううう」

決断を求められた横山玄位が唸った。

「はあ」

情けないと数馬がため息を吐《つ》いた。

「無礼であろう」

誰が見ても数馬の態度は、横山玄位を尊敬しているものではない。富田が数馬を咎めた。

「きさまこそ、吾が主《あるじ》に不遜《ふそん》であるぞ」

石動庫之介が富田を威嚇《いかく》した。

「やるか」

富田が刀の柄に手をかけ、周囲の横山家臣たちも緊張した。

「……そこにおわすは横山大膳さまでございまするか」

緊迫した雰囲気のなかに一人の武士が割って入った。

「そなたは……」

「不破《ふわ》どのではないか」

横山玄位が首をかしげ、富田が武士の名前を口にした。

「誰じゃ」

「お旗本横山内記さまが門番でございまする」

問うた主君横山玄位に富田が答えた。

「門番が、余に何用じゃ」

身分が違うと横山玄位が機嫌を悪くした。

「主は、主は、今どこに」

膝《ひざ》を突くことも忘れて、不破と呼ばれた門番が尋ねた。

「内記どのなれば、まだ評定所だ」

「評定所……」

「なにかあったのか」

遣り取りの最中も汗を流し続ける不破に、さすがの横山玄位も不審を抱いた。

「も、門が……」

「門、大叔父御《おおおじご》のお屋敷のか。その門がどうしたのだ」

つっかえる不破に横山玄位が先を促した。

「門が破られましてございまする」

「げっ」

「なんだと……」

不破の口から出た内容に横山玄位が絶句し、富田が啞然《あぜん》とした。

「どうしてだ。おぬしたちが門番でいたであろう」

「わかりませぬ。不意に目の前に影が落ちたような感じがしたかと思えば、気を失ってしまい、目覚めたら門が開かれて……」

富田の質問に不破が首を横に振った。

「門が開かれていたと」

「…………」

確認された不破が今度は首を縦に振った。

「だが、門が開いただけなのだろう。ならば閉めればよかろう」

なにを慌《あわ》てるのだと横山玄位が不思議そうな顔をした。

「……はあ」

もう一度数馬はため息を吐いた。

「なんぞ言いたいことでもあるのか、瀬能」

横山玄位が見咎めた。

「今日、なぜ本多さまが評定所へお出向きかを、お忘れか」

「……あっ」

数馬の説明に横山玄位が目を剝いた。

「表門は破られたのか」

血相を変えた横山玄位が不破に迫った。

「いえ、門には傷一つございませぬ」

「そうか。それは重畳《ちょうじょう》」

不破の答えに横山玄位が安堵の息を漏《も》らした。

「ですが……」

「まだなにかあるのか」

おずおずと言いかけた不破に横山玄位が脅《おび》えた。

「門が開かれたとき、大声で……ゆえあるをもって横山内記の首を討ったりと叫んだ者がおりまして」

「そんなはずはない。大叔父御はたしかに評定所に入られたはずだ」

横山玄位が強く否定した。

「終わったの」

「はい」

数馬と石動庫之介が顔を見合わせてうなずき合った。

「早めに屋敷へお帰りあれや」

そう横山玄位に告げて、数馬が離れようとした。

「待て、瀬能」

横山玄位が止めた。

「なにが終わったのだ」

「横山内記どのが終わったと申しました」

数馬は横山長次への敬称を一段下げた。

「……なぜだ」

「表門は武士の顔。それを破られ、そのうえ不名誉な宣言までされたのでございますぞ。たとえ、内記どの討ち取ったりが偽《いつわ》りであったとしても、周囲の諸家は聞いておりましょう。しかも、当家のときと違い、表門が開いてのうえ。表門が開かれたということはなにか異常があり、他家への手助けを求めたと考えられて当然。周囲の諸家がどのような対応を執られるか」

詳細を求めた横山玄位に数馬が語った。

「どうするとそなたは考える」

「よほど親しい家ならば、表門が開いているがどうかしたのかと問い合わせてくださいましょう」

さらなる要求に数馬は続けた。

「そうでなくば、このような異変がございましたとお目付さまにお報せしたでしょう」

「お目付さまっ……」

聞いた横山玄位の顔色が紙のように白くなった。

「ご一門、いや、ご本家として、大膳どのにもお目付からお話がございましょう」

「富田、どうする」

「……そんな」

数馬に脅された横山玄位が富田に対応を問うたが、答えはなかった。

「お屋敷にお戻りであれば、一件があったときは屋敷におり、なにも知らなかったで通りましたでしょうに」

数馬がもう一段脅迫《きょうはく》をかけた。

「そうじゃ。そうじゃ。屋敷に籠《こ》もっておったのだ。余は。駕籠を返せ。急ぎ屋敷へ帰る。それでよいな」

今更《いまさら》な対応を横山玄位が家臣に命じ、ここにいたことを黙っていろと暗に数馬へ促した。

「……………」

無言で数馬は背を向けた。

「頼むぞ、瀬能。恩に着るゆえ」

横山玄位がまだすがった。

「殿、よろしゅうございますので」

「返答はせぬわ。大膳どのは、少し前にここで義父上《ちち》と会っている。それを失念しているようだ。大膳どのをどうなさるか、このことをどうお使いになるかは、義父上の胸のうちよ」

「ただではすみませぬな」

道中を共にして石動庫之介も本多政長の怖ろしさを知っていた。

「それよりもだ」

話を数馬が切り替えた。

「横山内記の屋敷を襲った者だが……」

「軒猿《のきざる》でございましょう」

数馬の推測を石動庫之介も認めた。

「佐奈《さな》かの」

「女の声で宣言はいたしますまい。女の声のほうが遠くまで届きましょうが、やはり討ち取ったという言葉にふさわしいのは男」

訊いた数馬に佐奈ではなかろうと石動庫之介が否定した。

「……だとよいがな」

数馬が不安そうに呟《つぶや》いた。

# 四

刑部たちの控える供待ちへ本多政長が帰ってきた。

「どうであった」

本多政長が最初に口にしたのは問いかけであった。

「横山内記が家臣、一人横山大膳を迎えに出ましたゆえ、片付けましてございまする」

淡々と刑部が報告した。

「ご苦労。他には」

「横山大膳が引き返して参ったようでございまする」

「使者は届いておらぬのにか」

続けて述べた刑部に本多政長が怪訝な顔をした。

「どうやら内記の手の者が、大膳の家中におるようでございまする」

刑部が天井裏で聞いた横山長次と家臣の話を語った。

「もとは同じ幹から生えた枝だ。そういったことは容易であろう」

本多政長がうなずいた。

「さて、このようなところに長居は無用じゃ。着替えて帰るぞ」

本多政長が裃《かみしも》に手をかけた。

「お手伝いを」

素早く刑部が近づいた。

「目付池島大和《いけしまやまと》である。横山内記がここにおると聞いた」

供待ちは玄関に近い。評定所の玄関での声が聞こえた。

「目付が横山内記に。さきほど一石を投じたが、それにしては早すぎる。なにより、立ち会い目付の顔が潰れる」

本多政長が難しい顔をした。

「調べて参りましょうや」

「頼む」

言った刑部に本多政長が首肯した。


すでに評定は終わっている。場に残っているのは横山長次と立ち会い目付の二人と、下役一人、同書役一人、小人《こびと》目付二人であった。

「池島大和が……」

玄関まで様子を見に出た小人目付の報告に、立ち会い目付が怪訝な顔をした。

「目付部屋へ報せたにしても早すぎる」

評定所は江戸城の廓内にあるとはいえ、内廓《うちくるわ》ではないだけに、表御殿の目付部屋までの距離はそこそこあった。

「いかがいたしましょう」

通してよいのかと小人目付が訊《き》いた。

「断ることはできぬな。横山内記はここにおる」

立ち会い目付が認めた。

目付は将軍御座の間以外であれば、大奥でも立ち入ることができる権を持つ。それを同役だからといって挑むことはできなかった。

「では」

小人目付が池島大和を迎えに行った。

「なにをいたした、内記」

立ち会い目付の一人が横山長次を見た。

「なんのことやらわかりませぬ」

横山長次がわけがわからないと否定した。

「おう、羽田《はた》に江頭《えがしら》ではないか。そうか、立ち会い当番か」

そこへ池島大和が入ってきた。

「ああ。どうかしたのか」

立ち会い目付の一人が問うた。

「先ほど目付部屋まで訴えがあっての」

ちらと池島大和が横山長次に目をやった。

「こやつが横山内記だな」

池島大和が立ち会い目付に確認を求めた。

「そうじゃ」

立ち会い目付が認めた。

「評定は終わったのだろう。なぜ、まだここに」

一人居残らされている横山長次に、池島大和が疑問を感じた。

「こやつはの、評定の最中に神君家康さまを罵倒《ばとう》したのだ」

「そんな、罵倒など……」

立ち会い目付の言葉に横山長次が大いに慌てた。家康を罵倒したという話が一人歩きをすれば、横山家は潰される。

「ほう、それは大罪じゃ。次にあの廊下に座るのは、そなただな」

池島大和が廊下、本多政長がいた場所を指した。

「…………」

横山長次が息を呑《の》んだ。

「それよりも、そちらはどうしたのだ」

立ち会い目付が池島大和になにがあったともう一度問うた。

「うむ。青山御台所町《あおやまおだいどころちょう》にあるこやつの屋敷の表門が破られて、横山内記を討ち取ったりとの叫びがしたと、数家から報告が出されたのよ」

「ば、馬鹿な。そんなことはありえない」

池島大和の弁に横山長次が悲鳴をあげた。

「数家から話があったのだぞ。示し合わせたとでも申すか」

冷たい声で池島大和が横山長次に告げた。

「わたくしは、ここに、ここにおりまする。生きておりまする」

「それは認めるがな。大門が開け放たれていたのも確かなようである。そなたと似た者でも屋敷におるのではないか」

「まさか、息子が」

横山長次にはすでに成人した嫡男がいた。

「お願いでござる。帰らせてくだされ」

両手を突いて横山長次が立ち会い目付に頼んだ。

「詳細を調べ、かならずや届をいたしますゆえ」

「どういたす」

「そうよな」

懇願する横山長次に立ち会い目付が顔を見合わせた。

「表門が破られたというのは、どこかで聞いたの」

「屋敷のなかに無頼が入って人を斬ったというのもな」

立ち会い目付二人が横山長次を見た。

「……あっ」

屋敷のことに頭を持っていかれていた横山長次が気づいた。

「二度と加賀藩を訴え出たりはいたしませぬ」

「あの板は……」

「そこいらで拾ったものでございまする」

立ち会い目付の問いかけに横山長次が応じた。

「池島、これでこちらの用は後日としよう」

「そうか。すまぬな。今から、こやつを連れて青山御台所町まで行かねばならぬ。日が暮れては手間がかかるところであった」

立ち会い目付からもういいと言われた池島大和が喜んだ。

「参るぞ」

池島大和が横山長次を引き立てていった。

「やれやれ」

立ち会い目付の一人が大きく息を吐いた。

「お疲れだの、江頭氏《うじ》」

「疲れもするであろう羽田氏」

すべてすんだと下役たちは立ち去った。残っているのは目付の思うがままにできる小人目付だけである。

二人の立ち会い目付は気兼ねなく、話をし出した。

「加賀藩を評定所へ出すというだけでも大事だというに……」

「今の加賀守は二代将軍秀忠さまのお血筋だからな」

「それもあるが、上様と将軍を争ったというのがまずい。まだ、皆、そのことを忘れておらぬのだぞ。明白な法度違反があるならば、まだ世間も納得しようが、このていどのことで前田に傷を負わせてみろ。上様が報復なされたと取られるわ」

「上様のご評判を悪くするな」

傍系から将軍となった綱吉への風当たりは強い。御三家などはあからさまに綱吉を格下と見ている。とくに将軍を出すこと叶《かな》わずとされている水戸《みと》徳川の当主光圀《みつくに》の反発は強い。そこに個人の恨《うら》みで加賀の前田を痛めつけたなどとなれば、綱吉の素質が疑われる。

「あと三年後なれば、問題ないが」

綱吉が天下を把握するまでの期間を目付たちはそう読んだ。

「早すぎたのもそうだが……」

「大久保加賀守さまも焦られたな」

「本多への恨みを晴らそうと逸《はや》られた」

二人の目付が苦笑した。

「まあ、途中から不利を悟られたのだろうな。口出しはあまりなさらなかった」

「横山の飛び火を喰《く》らいたくはなかったのだろう。もともと火を付けたのは……」

目付たちがそこで止めた。

「最後の本多への手出しはまずい」

「あの佐渡守正信さまが、吾が子をなぜ陪臣で置いたか。佐渡守さまが願えば、息子を譜代大名にするくらい容易《たやす》かったであろうに。それを考えて欲しいものだ」

「我ら目付に手出しさせぬためぞ」

目付たちが嘆いた。

「徳川家が、いや、家康さまが天下を取られるまでの闇をすべて司《つかさど》ったのが佐渡守さまじゃ。いずれ口を封じられるとおわかりであったろうな」

「家康さまが身罷《みまか》られ、守護してくれる力を失ったとき、本多家は幕府によって潰《つい》える。つごうの悪い過去は消すに限るからだ。それを予期して、幕府が手出しできぬ陪臣として血筋を残した」

「そこに手出しをすれば、どのようなものが顔を出すか……」

「闇に葬られるべき徳川の裏を本多が暴露する。考えただけでもぞっとするわ」

目付二人が震えた。

「それにしても、さすがは佐渡守さまの直系よな。争いをすべて神君家康公に絡めた」

「だの」

しっかり目付二人は本多政長の意図を見抜いていた。

「最初の本多家の歴史からして、家康さまのことばかり言いおった。ああ、これは評定にならぬと思ったわ」

「坂本右衛門佐さまもお気づきでござったな。しっかり本多の味方をなされた」

大目付は留守居と並んで旗本の上がり役である。実権は目付に奪われたとはいえ、ここまで出世するのはなかなかのことではない。場の流れを確実に読みとることができて当然であった。

「さて」

立ち会い目付の一人が、横山長次の持参した板を小人目付に放り投げた。

「風呂の焚《た》きつけにでもせよ」

「はっ」

受け取った小人目付が承諾した。


評定所の前で待っていた数馬の前に、供と刑部を引き連れた本多政長が現れたのは、横山玄位が逃げるように去ってから小半刻《こはんとき》（約三十分）ほど後だった。

「お疲れさまでございまする」

「疲れたわ。年寄りにはきつい。もっとも儂が来たことで焦った内記が、見事にはまってくれたゆえこれくらいですんだ」

近づいた数馬に本多政長がため息を吐いた。

「とはいえ、家柄というか、世襲だからやむを得ぬが、筆頭宿老などするものではないな。禄高は多いが、苦労も多い。やれ、さっさと息子に家督を譲って楽隠居したいわ」

「楽隠居でございますか。それはまた贅沢《ぜいたく》なことを」

背筋を伸ばすようにして身体《からだ》の凝《こ》りを表現した本多政長に、数馬が驚いて見せた。

「申すようになったの」

本多政長が笑った。

「殿、御駕籠へ」

待機していた行列が本多政長を迎えに来た。

「座り疲れた。駕籠はよい。ここから本郷まではさほど遠くもないでな。歩く。先に戻っておれ」

「承知いたしましてございまする」

家臣たちも主をよく知っている。一度言い出したら、決して枉《ま》げないのだ。本多政長の指図に行列が粛々《しゆくしゆく》と歩み去っていった。

「よろしいのでございますか」

江戸は敵地に等しい。守りが薄いのではないかと数馬が懸念を表した。

「刑部にそなた、そして石動がおるのだ。どこに危険がある」

本多政長が一人一人を見た。

「それにな、儂が江戸に着いたと知られてまだ半日も経っていない。もし、刺客を出すとしても準備ができていまいよ」

敵が動くには間があると本多政長が述べた。

「そうよなあ。早くて明日の夕刻、本番は余が江戸城へ登城した帰りだろう」

本多政長が予想をした。

「江戸城からの帰りとは、上様のお呼び出しに応じた後だと」

「そうだ。上様のお召しがすむまでに、儂に手出しをしてみろ。呼び出した上様を利用したことになる。そんなまねが許されると思うか。上様は今、権威を確立されるために必死であられるのだぞ。己の顔に泥を塗った者を許されるはずはない……」

「いかがなさいました」

途中で思案に入った本多政長に数馬が首をかしげた。

「もしや、儂を餌《えさ》になさっているのではないか」

「餌……」

数馬が困惑した。

「儂に恨みのある者は誰じゃ。ああ、もちろん、かなりの恨みぞ。すべてを取りあげていては、三日くらいかかろう。少なくとも加賀は省けよ」

本多政長が数馬たちに問うた。

「大久保加賀守さま、横山内記、横山大膳どの」

最初に数馬が指を折った。

「富山藩の逃げ出した近藤主計《こんどうかずえ》の残党」

刑部が付け加えた。

参勤で帰国するために富山へ立ち寄った綱紀を襲殺して、富山藩主前田近江守正甫《おうみのかみまさとし》を跡継ぎにしようとしたのが、近藤主計であった。もっともその近藤主計は、大久保加賀守の庇護《ひご》を受ける代わりに走狗《そうく》となり、出府してくる本多政長を狙って返り討ちに遭っていた。

「…………」

石動庫之介は黙っていた。口出しは家士の身分をこえると慮《おもんぱか》ったのだ。

「後、上屋敷を襲った連中の生き残りもおりますか」

数馬が付け足した。

「それは除外していいだろう。今更、町の無頼ごときが出て来られる場ではない」

「殿の目に入る範囲へ近づけもいたしませぬ」

本多政長の否定に刑部が足した。

「なるほど」

数馬は納得した。

「他にはないか」

「……わかりませぬ」

漏れはないかと訊かれた数馬が首を横に振った。

「そこがそなたの足りぬところよ。まあ、そこも琴《こと》は気に入っているのだろう。あやつは儂と同じじゃ。己がすべてを見通してしまうからな、どうしても同じくらいの男とは反発してしまうのだ。もっとも紀州の家老の馬鹿息子は、琴の許容できる範囲をこえて愚かだったようだがな」

本多政長が舅《しゅうと》の顔になった。

「はあ」

褒《ほ》められているとは思えない評価に数馬が曖昧《あいまい》な返答をした。

「あと一人、思いつかぬか」

「……あと一人でございまするか」

数馬が考えた。

「本多さまに恨み……今更豊臣《とよとみ》の残党などおりますまいし」

二度の大坂の陣、その両方の発端は本多佐渡守《さどのかみ》正信であった。冬の陣の原因となった鐘銘《しょうめい》、夏の陣を引き起こした大坂城惣堀《そうぼり》の破壊、どちらも本多佐渡守の采配《さいはい》であった。

「豊臣の残党か。いや、それは儂も考えつかなかったわ」

本多政長が笑った。

「……むっ」

「怒るな。怒るな。そういった突拍子もない発想は大事ぞ。人というのは、考えた通りに動かぬものだ。予想外の行動をちょくちょくする。将棋や囲碁のように定石というのがないでの」

笑われた数馬が不機嫌な顔をしたのに対し、本多政長が慰めた。

「発想を変えてみよ。儂への恨みではなく、上様に恥を掻《か》かせたいと考えている者はおらぬか」

「上様に恥を掻かせる」

数馬が沈思した。

「高田《たかだ》藩松平《まつだいら》家縁《ゆかり》の者でしょうか」

お家騒動を起こした高田藩松平家は一度大老酒井雅楽頭《うたのかみ》忠清《ただきよ》によって裁かれている。それを綱吉が将軍となってから、再審理を命じ、傷なしに近かった一度目の裁定をひっくり返され、藩は改易、当主は伊予《いよ》松山《まつやま》藩へお預けになっていた。

「そやつらは儂との接点がなさすぎる。それに儂が上様に呼び出されたと知る術も持たぬ。考慮せずともよい」

本多政長が違うと言った。

「…………」

「わからぬか。無理もないの」

思いつかない数馬に、本多政長がこれまでだと解答期限を宣した。

「どなたさまなのでしょう」

「酒井雅楽頭さまの後を継いだ酒井侍従忠挙《じじゅうただたか》さまよ。酒井家という名門を上様は地に叩《たた》き落とした。その恨みは深かろう」

問うた数馬に本多政長が嘆息しつつ答えた。

# 第三章　執政の競

## 一

老中首座堀田備中守《びっちゅうのかみ》正俊の屋敷は大手門を出たところにあった。広大で豪勢なそれはかつて大老酒井雅楽頭《うたのかみ》忠清の上屋敷であったものを、綱吉が取りあげて堀田備中守に下賜《かし》していた。

「備中守さまにご報告いたしたき議がございまする」

右筆《ゆうひつ》の一人が屋敷まで訪れた。

「そなたか。どうした」

先日、御用部屋で気の利《き》いた働きをしたことで気に入った右筆に、堀田備中守は話せと促した。

「加賀の筆頭宿老《しゆくろう》本多政長どのが出府したとの届を出されましてございまする」

「いつだ」

聞いた堀田備中守が表情を真剣なものにした。

「受け取りに書かれておりましたものは、本日正午でございまする」

「書かれていた……ということは、実際は違うのだな」

右筆の言いかたで堀田備中守が悟った。

「はい。右筆部屋に出されましたのは八つ半（午後三時ごろ）前でございました」

「割りこませたか。相当遣《つか》ったな、加賀は」

「いいえ。いかに右筆が薄禄とはいえ、金でご老中大久保加賀守《かがのかみ》さまに敵対はいたしませぬ」

右筆が首を振った。

堀田備中守が気に入るだけあって、この右筆は大久保加賀守と本多家の確執をよく知っている。当然、今回の評定《ひようじよう》がなんのためにおこなわれたものかも理解していた。

「人か。誰じゃ」

堀田備中守が問うた。

「ご当家留守居役《るすいやく》の葉月冬馬どのでございまする」

「葉月が……」

名前を耳にした堀田備中守が驚いた。

「あの葉月が、わずかな金で飼われることはない。ふむ、加賀の前田が十分と思うだけの対価を出した……いや、前田には借りがあった」

堀田備中守が苦い顔をした。

「それでか」

やむを得ないと堀田備中守が認めた。

「そういえば、大久保加賀守が本多政長の出府届の確認をしておったはずだが……」

評定所へ出かける前に、大久保加賀守が本多政長がまだ江戸へ来ていないと確認していたと昼前に堀田備中守はこの右筆から聞かされていた。

「そのあたりは抜かりございませぬ。いささか大久保加賀守さまのご確認が早うございましたので、齟齬《そご》はないかと」

問題ないと右筆が応じた。

「そうか。さすがであるな」

堀田備中守が右筆の仕事に感心した。

「備中守さまにお伺いいたしたきことがございまする」

「願いか。申せ」

右筆の願いを堀田備中守が言ってみろと許した。

「奥右筆とはどのようなものでございましょう」

右筆が尋ねた。

「上様が館林《たてばやし》からお連れになったうちで、能筆な者を選んでお側《そば》でお使いになってい る。いわば代筆じゃな」

堀田備中守が答えた。

綱吉は将軍になる前、館林二十五万石の主《あるじ》であった。その綱吉が将軍になるとなったとき、藩は一子徳松《とくまつ》に譲られたが、一部の気に入りを直参《じきさん》として取り立てていた。奥右筆もその一つで、綱吉によって創設された役目であった。

「上様は奥右筆をどうなさるおつもりでございましょう」

右筆が重ねて質問した。

「いずれ右筆の上に置かれよう」

隠さず堀田備中守が右筆に告げた。

「……それをお止めすることは」

「できまい。上様はご親政を望んでおられる。親政をするに、なにがもっとも重要か、そなたならばわかろう」

右筆の希望を堀田備中守が壊した。

「情報、それも正しいものでございまする」

「そうだ。まちがいのないもの、改竄《かいざん》されていないものが手元に届かなければ、正しい対応が取れない。将軍は江戸城からお出ましにならぬ。世間は凶作でも、豊作だとの報告があがれば、そうだと思いこまれる。凶作と豊作では、政《まつりごと》で打つ手立てが真反対になる」

右筆の回答を堀田備中守は認めた。

「今の右筆では信用ならぬと」

「酒井雅楽頭どののことがあったからの。上様は今の執政を信じておられぬ。そして執政の配下である右筆もな」

四代将軍家綱《いえつな》が死の床にあるとき、もっとも近い血縁者である己《おのれ》ではなく、前田綱紀や京の宮家を五代将軍にしようと酒井雅楽頭が動いたことを綱吉は根に持っている。そのとき、配下として酒井雅楽頭の望む書付《かきつけ》を作成したことで右筆も綱吉から睨《にら》まれていた。

「備中守さま……」

右筆が真剣な顔で手を突いた。

役高五百石ほどの右筆だったが、その裕福さは群を抜いていた。右筆が贅沢《ぜいたく》をできるのは、幕府にかかわる書付すべてを扱うという役目に拠《よ》った。

幕府に出される書付は、政だけでなく、大名旗本の家督《かとく》相続、役目の任免、婚姻《こんいん》など多岐にわたる。そして、右筆にはどの書付から処理をするかを決める権が与えられていた。

「父の隠居に伴い、家督相続を願いまする」

跡継ぎなきは改易が幕府の決まりである。四代将軍家綱のとき、大政参与といわれた会津《あいづ》藩主保科《ほしなひ》肥後守正之《ごのかみまさゆき》によって末期養子は解禁されたが、それでも破棄されたわけではない。隠居した父が死ぬまでに相続をすませておかねば、咎《とが》めを受けても文句は言えないのだ。少しでも早く処理をしてほしい。そう考えた者は右筆に贈りものをする。

他にも空いた役目の後釜に座りたいと考えた者も右筆の機嫌を取る。

「次の町奉行には誰がよろしいか」

老中からの諮問《しもん》に応じて推薦の書付を出すのも右筆の仕事の一つであるからだ。

こうして右筆は余得を得ている。奥右筆が新設され、その職務のほとんどを奪われれば、今の生活を続けていけなくなる。

右筆の心配は当たり前のものであった。

「そなた、右筆になって何年になる」

「七年になりまする」

堀田備中守の問いに右筆が答えた。

「一人、二人くらいならば、奥右筆正式任免に伴う増員にねじこめよう」

「かたじけのうございまする」

右筆が手を突いた。

「もう一人はそなたに任せる」

「それはっ」

堀田備中守の言葉に右筆が絶句した。

大きな恩を同僚に与えられる。それだけの権を堀田備中守は右筆に渡した。

「なんなりとお命じくださいませ」

感激した右筆が、堀田備中守に忠誠を誓った。

「評定所の次第について、そなたは存じおるか」

「あいにく、わたくしが右筆の間を出るときまでには、評定所の者どもからの報告は来ておりませなんだ」

尋ねられた右筆が知らないと首を左右に振った。

「そうか。長引いているのだな。どうやら加賀の有利に動いておるようだ」

堀田備中守が思わず呟《つぶや》いた。

「…………」

右筆が聞こえなかった顔でなにも言わなかった。

「ふむ。これからも頼むぞ」

その対応も堀田備中守は気に入った。


ゆっくりと歩きながら、本多政長が周囲に目を向けていた。

「家督相続して以来だから、何十年振りになる。とはいえ、江戸の変化は激しいの。十年一日のごとき金沢とは違いすぎる」

「それほど違いましょうか」

感心している本多政長に数馬が問うた。

「そうか、そなたは前の江戸を知らぬのだな」

「はい」

本多政長の確認に数馬がうなずいた。

「みようなものよ。同じく徳川家康公の家臣を祖に持つ者が、その造られた城下を知らぬとはな」

「……はい」

あらためて言われて、数馬もその奇妙さに感慨を覚えた。

「瀬能どのではないか」

御茶《おちゃ》の水《みず》にさしかかったところで、数馬が呼び止められた。

## 二

「……須郷《すごう》どのか」

数馬が嫌そうな顔をした。

「一別以来であるな。ご活躍は伺っておる」

面倒くさそうな顔をした数馬に気づいていながら、須郷と呼ばれた男が近づいてきた。

「誰じゃ」

本多政長が小声で訊《き》いた。

「越前《えちぜん》松平家の留守居役でございまする」

「ほう」

やはり囁《ささや》くような声で告げた数馬に本多政長が、ほんの少し目を大きくした。

「相手をしてやれ」

なんとか理由を付けて逃げようとしている数馬の気配を感じた本多政長が制した。

「お手柔らかにお願いいたしまする」

意図を悟った数馬が釘を刺した。

「石動《いするぎ》どのよ」

「なにかの刑部《おさかべ》どの」

その様子に二人の家士が顔を見合わせた。

「瀬能さまは、釘を刺すことが無駄だとまだお学びではない」

「そう簡単に慣れるものでもないかと」

あきれる刑部に石動庫之介が弁護した。

「いやあ、顔見せの場以来であるの」

須郷が本多政長らを無視して、数馬に話しかけた。

「ご無沙汰《ぶさた》をいたしておりまする」

数馬が頭を下げた。

留守居役には独特のしきたりがあった。同藩、他藩の区切りなく、一日でも早く留守居役になった者が格上になるというものである。これを先達《せんだつ》といい、先達の言うことは絶対であり、それこそ烏《からす》でも白くなった。

須郷はすでに越前松平家の留守居役を十年以上務め、数馬の先達になった。

「ちょうどよいところで会ったわ。おぬしに話があっての」

「わたくしにお話でございますか」

横柄な須郷に数馬が応じた。

「一つ欲しいものがある」

「はて、須郷さまが欲しがられるようなものを、わたくしは持っておりませぬが」

言われた数馬が怪訝《けげん》な顔をした。

「なあにたいしたものではござらぬよ。紙切れ一枚じゃ。ただのな」

須郷が下卑《げび》た笑いを浮かべた。

「…………」

もちろん数馬は須郷の要求を理解していた。

須郷は数馬が書かせた越前松平家当主左近衛権少将《さこんえのごんしょうしょう》綱昌《つなまさ》の詫び状《わじょう》をよこせと言っているのであった。越前松平家へ帰国の挨拶《あいさつ》を伝える使者に任じられた数馬を利用して、綱昌の失脚をもくろんだ家臣たちが殿中刃傷《でんちゅうにんじょう》を仕掛けて来た。それを排除した数馬だったが、越前藩士を討ち果たしたことで罪人として追われる羽目になった。夫の危機とばかりに琴が動き、見事数馬を脱出させたが、そのときに綱昌の目に留まり、その身を攫《さら》おうとして数馬の激怒に遭《あ》った。そのとき、数馬は綱昌を赦免《しゃめん》する見返りに、詫び状を書かせたのであった。

藩主の詫び状、それは越前松平家の死命を制するものになりうる。前田家からの要求に応じなければならないのだ。

国元から急使が出され、機会があればなんとかして回収しろと、厳命されていて当然であった。

「今度、吉原《よしわら》で最高の遊女を紹介してくれるぞ」

さっさと渡せと須郷が手を出した。

「紙か、ほれ」

その掌《てのひら》のうえに本多政長が懐紙を置いた。

「鼻でもかまれよ。ああ、もちろん、尻を拭《ぬぐ》うてもよいぞ。いささか、固いがな」

本多政長が言い放った。

「……………」

「な、なんだ、これは。ふざけたまねを」

数馬が天を仰ぎ、須郷が紙を投げ捨てた。

「紙じゃ。欲しいのであろう」

意地悪く本多政長が笑った。

「爺《じじい》、このようなまねをして、ただですむと思うか。拙者は越前藩松平家の留守居役であるぞ」

越前松平家は徳川家康の次男結城《ゆうき》秀康《ひでやす》を祖とする。御三家とならぶ格式を与えられている幕府にとっても格別な家柄を誇っている。

「瀬能、この無礼、高く付くぞ。さっさと紙を渡せ。さすれば、忘れてやる」

須郷が命令口調になった。

「お断りする」

数馬は須郷の要求を断った。

「なんだと。わかって申しておるのだろうな。儂《わし》の言うことを聞かねば、加賀は越前を敵にすることになる。お手伝い普請や嫁入り、婿《むこ》入りなどのすべてを邪魔してくれるぞ」

留守居役の仕事全般で足を引っ張ると須郷が数馬を脅《おど》した。

「お好きにどうぞ」

数馬はあきらめていた。本多政長がかかわった段階で、話は無事にすまなくなる。

「それより、無礼を詫びていただこう」

数馬が喧嘩《けんか》を買った。

「無礼……そなたは新参じゃ。先達の儂に股潜《またくぐ》りを命じられても従わねばならぬ。なにが無礼だと」

「拙者にではござらぬわ」

言いがかりに近い反論を受けた数馬が、本多政長を前に出した。

「爺がどうした」

「お初にお目にかかるな。加賀の本多安房《あわ》じゃ」

「本多安房……」

名乗られた須郷が一瞬呆《ほう》けた。

「まさかつ、堂々たる隠密」

須郷が陰で本多政長が叩《たた》かれている仇名《あだな》を口にした。

「久しぶりに直接聞いたわ。いや、新鮮な気分じゃ」

本多政長が笑った。

「ほ、本物……」

まだ須郷は飲みこめていなかった。いや、理解をしようとしていなかった。

「さて、そなたはなにを吾《わ》が娘婿《むすめむこ》に要求しておったのかの」

「娘婿……えっ」

数馬が本多政長の娘琴と婚姻をなしたことを公表してはいない。須郷が知らなくて当然であった。

「紙が欲しいそうだがな。あの紙は、娘婿が命がけで得たものじゃ。吉原一の大夫《たゆう》を引き合いに出されても割りが合わぬ」

「そ、そうじゃ。当藩の者を殺したであろう。お目付さまに訴えてもよいのだぞ」

本多政長に須郷が幕府の権威を使って対抗しようとした。

「かまわぬぞ。お目付さまに訴えれば、当然越前福井城下へお調べが入る。藩士が主君を亡き者にして、新たな当主を迎えようとしたことも知られるぞ」

「……………」

須郷が黙った。

忠義を根本としている幕府にとって、主殺《しゅう》しは許されるものではない。お家騒動として裁かれれば、越後《えちご》高田《たかだ》騒動の例もある。越前松平家と越後高田松平家は同じ結城秀康の末裔《まつえい》、扱いも同等になる。

「できもせぬことを口にするな」

本多政長が須郷を叱《しか》った。

「し、しかし、一加賀藩士が左近衛権少将さまに詫び状を書かせるなど、傲岸不遜《ごうがんふそん》でございましょう」

須郷がまだ抵抗した。

「瀬能は、我が殿の代理として福井を訪れていたのだ。つまり、前田加賀守が赴いたのと同じ。詫び状を書かせて不思議はない」

「…………」

理で断られた須郷が黙った。

「詫び状は、すでに瀬能の手元にはない。殿がお持ちじゃ。返して欲しくば、金沢まで取りに行け」

「ううっ」

鼻であしらわれた須郷が呻《うめ》いた。

「行くぞ」

「はい。では、須郷さま、またいずこかで」

本多政長の促しに数馬が須郷に別れを告げた。

「のう、数馬。留守居役とはあのていどの者ばかりなのか」

まだ須郷に聞こえる距離で本多政長が言った。

「……はあ」

盛大にため息を吐《つ》いてから、数馬が答えた。

「藩の格式が高すぎるからでございまする」

「格か」

「ご存じでしょうか。留守居役にはいくつかの組がございまする」

「聞いたことはあるが、よくわかっておらぬ」

説明を本多政長が求めた。

「近隣組、これは言わずともおわかりかと。藩の境を接している家の留守居たちの集まりでございまする。そしてもう一つが同格組でございまする」

「家の格式だな」

「はい。当前田家が入っております同格組は、別格の御三家と越前家だけで構成されておりまする。もっとも五家では少なすぎるため、なにか組内で足りぬときは、薩摩《さつま》の島津《しまづ》家、仙台の伊達《だて》家、彦根《ひこね》の井伊《いい》家、熊本の細川《ほそかわ》家、福岡の黒田《くろだ》家などを組み入れることもございますが」

「嫁取り、婿取りだな」

すぐに本多政長が事情を酌み取った。

「そして、基本として留守居役は幕府お役人衆、御上《おかみ》出入りの商人衆を除いて、組内以外の留守居役とはつきあいませぬ」

数馬が述べた。

「格式が違うと差がありすぎて、交渉にならぬわな」

「さようでございまする。二万石の大名が百万石の前田になにを望んでも届きませぬ。逆はすべて通りまする。これでは交渉の意味がございませぬ」

事情を了解した本多政長に数馬がうなずいた。

「なるほどな。御三家と越前家、そして当家の留守居役が強気に出るのはわかったが、さきほどのあれは交渉でさえないぞ。それくらいのことがわからぬ者でも留守居役は務まるというならば、当家の留守居役どもを一新せねばならぬな」

本多政長が険しい顔をした。

「いいえ。ご無用に願いまする。一度お会いいただけばおわかりになるかと思いますが、当家は組内で唯一の外様でございまする。外様は徳川ご一門から冷たくあしらわれるきらいがございまする。お手伝い普請がそのいい例かと」

お手伝い普請は幕府が諸大名に命じてさせる街道整備、寛永寺《かんえいじ》、増上寺《ぞうじょうじ》、日光東照宮《にっこうとうしょうぐう》、江戸城や駿府《すんぷ》城などの普請、修繕《しゅうぜん》のことだ。お手伝いとはいいながら、その材料、人足、費用などのすべてを大名が用意しなければならず、大きな負担になった。

もともと徳川家が外様大名たちの財力を削《そ》ぎ、戦《いくさ》をする余力を奪うためのものであり、石高や家格に応じて規模の変わるお手伝い普請は、百万石の加賀前田家にとってなんとしても避けたいものであった。

「なるほど。ただ、遊んでいるわけではないと」

「当然でございまする」

己も何度か宴席で気苦労をしている。数馬が胸を張った。

「では、見せてもらおうか。加賀藩の留守居役というものを」

「はあ」

本多政長の言葉に数馬が首をかしげた。

数馬は長屋に本多政長が付いて来たことで先ほどの発言の意図を思い知らされた。

「お屋敷がございましょう」

わざわざ手狭な長屋で滞在せずとも、本多家には五万石としてはいささか小規模ながら、江戸屋敷があるだろうと言った。

「舅《しゅうと》が娘婿の家に泊まる。どこにおかしなことがある」

しゃあしゃあと本多政長が言い返した。

「ですが、ここでは御身の廻《まわ》りのお世話をする者もおりませぬ」

なにせ江戸の瀬能家には家士としての石動庫之介と女中としての佐奈《さな》しかいないのだ。とても五万石のお殿様の世話まで手は回らなかった。

「刑部がおる」

「お任せをくださいませ」

本多政長に見られた刑部が胸を叩いた。

「それに刑部にも親娘《おやこ》のかたらいをさせてやらねばの」

刑部は佐奈の父であった。

「わかりましてございまする」

そう本多政長に言われてはしかたがない。数馬が折れた。

「ご無沙汰をいたしております」

玄関での遣《や》り取《と》りが終わるのを待っていた佐奈が、手を突いて本多政長に挨拶をした。

「おう。金沢におるときよりも美しくなったの」

本多政長が佐奈を褒《ほ》めた。

「どうぞ、おあがりを。お濯《すす》ぎをいたしまする」

玄関土間へ降りた佐奈が手桶《ておけ》を持って、本多政長の足を洗おうとした。

「よい。年寄りの世話は男手でよい。佐奈は、ご当主どののお世話をな」

本多政長が刑部にやらせると手を振った。

「では、失礼をいたしまする」

あっさりと佐奈が父に任せた。

脚絆《きやはん》を着けていようが、足袋《たび》を履《は》いていようが、長旅は汚れを溜《た》める。足を洗われた数馬はそれだけで、気分がすがすがしくなった。

「茶を頼む」

「承知いたしておりまする」

数馬に言われた佐奈がうなずいた。

「義父《ちち》上、奥へお通りを」

「そうさせてもらおう」

数馬の誘いに本多政長が首肯《しゆこう》した。

すでに石動庫之介は、己に与えられた別棟へ引っこんでいる。土間には佐奈と刑部だけが残った。

「……父上さま、ご健勝でなによりと存じまする」

「うむ。そなたもな。ご寵愛《ちようあい》は受けてはおらぬようだな」

忍にとって娘が男を受け入れたかどうかを見抜くのは容易《たやす》い。

「残念ながら。姫さまへご遠慮なさっておられるのではございませぬか。遊所へ通われている様子もございませぬ」

佐奈は数馬の行状をよく見ていた。

「ならば、これからだの。国元で仮祝言《かりしゆうげん》をなされ、床入りもすまされた」

「それはなによりでございました。姫さまのお想いがようやく」

刑部の報告に佐奈が喜んだ。

「そなたも夜伽《よとぎ》の覚悟をしておけ。姫さまがお出でになるまでの間、若殿さまに妙な虫を近づけるわけにはいかぬ」

男を落とすには、金か名誉か女を与えるのが確実であった。どれだけ立派な男でもこの三つのどれかには弱い。

「覚悟ならば、金沢を出るときにいたしておりまする」

父の指図に娘がうなずいた。

「では、あれも覚悟の一つか」

刑部が佐奈に訊いた。

「青山御台所町の横山内記屋敷を襲ったのは、そなただな」

「わたくしでございまする」

軒猿《のきざる》衆の頭領としての問いに、佐奈が認めた。

「一人でやったのではなかろう。男の声は誰だ」

頭領として配下の動きは把握しておかなければならない。本多家江戸屋敷に配している軒猿の誰が手伝ったのかを刑部は質問した。

「武田四郎《しろう》と申す無頼《ぶらい》でございまする」

「なんだとっ」

予想外な佐奈の答えに、さすがの刑部も驚愕《きょうがく》した。

「当屋敷を襲いました無頼武田党の党首の息子でございまする」

「なぜそやつが、そなたを手伝う。隠さず話せ」

「ことの初めは……」

刑部の要求に佐奈が、数馬を狙った武田党の刺客を石動庫之介とともに倒したところから話し始めた。

「……そなたに惚《ほ》れたと」

「そう申して、何度か口説《くど》かれておりまする」

あきれた刑部に淡々と佐奈が告げた。

「はああ……」

刑部が大きく嘆息した。

「言わずともわかっておろうが、深入りするな」

「もちろんでございまする」

念を押した父に娘がはっきりと応じた。

## 三

いかに百万石加賀藩の家老とはいえ、陪臣《ばいしん》でしかない。普段ならば出府届が出されてから十日やそこらは放置されるのだが、今回はかの本多佐渡守《さどのかみ》正信の孫であり、その話が聞きたいと綱吉が呼び出した本多政長である。

翌日には綱吉のもとへ本多政長の出府が報告されることになった。

「貴殿は昨日、本多とお会いになったそうではないか」

「本多とはなにかとかかわりをお持ちであろう」

「上様に本多を召されてはと進言なされたのも貴殿だと伺った」

他の老中たちから嫌味を言われ、綱吉に本多政長到着を報せ、以降の指図を受け取る役目を大久保加賀守がせざるを得なくなった。

「来たか。早かったの」

綱吉が少し驚いた。金沢と江戸の距離を考えれば、通常より二日は早い。

「上様のお召しとあれば、当然ではないかと」

大久保加賀守が褒めるには値しないと言った。

「躬《み》の呼び出しに全力で応じたことを褒めずして、誰をいつ褒めるのだ」

綱吉が大久保加賀守に問うた。

「……それは」

大久保加賀守が口ごもった。

「ところで、昨日の評定の結果をまだ聞いておらぬが、どうなったのだ」

「…………」

綱吉に訊かれた大久保加賀守が黙った。

「負けたな」

すぐに綱吉が読んだ。

「負けたわけではございませぬ。あれは横山内記がしくじったため、審議中断をせざるを得なくなっただけでございまする」

新将軍に能力がないと思われれば、執政から外されてしまう。すべてを横山長次に押しつけようと、大久保加賀守が必死で言いわけをした。

「まあよい。機会はまだある。いや、本命はこれからじゃ」

綱吉がそれ以上大久保加賀守を咎めないと述べた。

「…………」

「本多をいつ呼び出すかの」

安堵《あんど》の顔をした大久保加賀守に綱吉が問いかけた。

「上様のごつごうでよろしいかと」

「一年先でもよいのか」

「もちろんでございまする。たかが陪臣、十年待たせたところで上様のお目通りをいただけるというだけで末代までの誇り。否《いな》やは言わせませぬ」

無茶を試しに口にした綱吉に、大久保加賀守が声を張った。

「ふん。そんなまねをしてみろ。躬の器量が問われるわ」

呼び出しておいて待たせる。幕府役人の常套《じょうとう》手段であるが、それにも限度があった。

「申しわけございませぬ」

いつでも将軍は正しい。話を振ったのが綱吉であれ、大久保加賀守が謝罪しなければならなかった。

「今日はさすがに用意ができまい。本多ではないぞ。小納戸《こなんど》どもがじゃ」

綱吉も端《はな》から本多政長のことは考えていない。迎える側の準備を気にした。

将軍が誰かを呼び出す。家康や秀忠、家光《いえみつ》のころはままあった。直臣だけでなく、陪臣でも名の知れた者を召し出しては、戦話や系譜の説明などをさせたり、武技や将棋、囲碁の腕前を披露させたりした。

しかし、それも四代将軍家綱からなくなった。

直接戦国を知る者たちがいなくなったからである。先祖がどれほど豪の者でも、子孫が痩《や》せていては臨場感がない。つまり、話を聞く意味がなくなった。

そしてなにより、幕政が安定し、身分が確立したためであった。

陪臣ごときが上様にお目通りをする、お声を賜《たまわ》る。これを秩序の乱れになると、執政たちが嫌った。

今回本多政長の目通りとなったのは、老中大久保加賀守の推薦と将軍綱吉の興味、そこに佐渡守正信の孫という出自《しゅつじ》が加わったからであった。

もっとも老中首座たる堀田備中守が反対しなかったのも大きい。

とにかく、将軍が陪臣を江戸城へ呼ぶ。その準備には手間がかかった。

「どこの座敷を使うか」

まず場所の選定に苦労する。

陪臣でも身分が低い、あるいはなにか叱りおくための呼び出しであれば、庭先でいい。庭に平伏している陪臣を縁側から将軍が見下ろす。身分差もはっきりして、秩序の乱れはまずない。

だが、今回は庭先とはいかなかった。

徳川家康にとって格別とされた本多佐渡守正信の直系で、外様とはいえ徳川家の血を引く、前田家百万石を支える筆頭宿老の本多政長なのだ。

「なにを言おうとも、今は陪臣である」

そう強弁して庭先での目通りでも問題はない。

「無礼である」

と怒って座を蹴ることはできない。そんなまねをすれば、本人は切腹、前田綱紀も隠居、謹慎しなければならなくなる。

ただ、それをすると将軍が家康公の側近だった本多佐渡守を愚弄《ぐろう》したと世間が受け取る。

「狭量なお方じゃ」

将軍の評判が悪くなる。

かといって御三家を迎えるかのように、将軍居室である御座《ござ》の間《ま》とはいかなかった。譜代大名でさえ、御座の間へ招かれることはないのだ。先ほどとは逆の意味で、将軍は常識を知らないと誹《そし》られることになる。

「保明《やすあきら》」

綱吉が控えている小納戸を呼んだ。

「白書院《しろしょいん》あるいは黒書院《くろしょいん》の廊下はいかがでございましょう」

保明と呼ばれた小納戸がすぐに上申《じょうしん》した。

白書院、黒書院は役人の任免、参勤交代で帰国するあるいは出府してきた大名たちへの目通り、勅使あるいは院使との謁見《えっけん》に使用される格式の高い場所であった。もちろん、その廊下は書院より格落ちになるが、それでも旗本の家督相続などで使用されることもあり、陪臣にはかなりの厚遇といえた。

「よかろう」

考えもせず、綱吉が認めた。

「…………」

将軍が裁可したものへ口出しはできない。大久保加賀守が黙って追認した。

「では、明日の午後八つ（午後二時ごろ）に参れと伝えよ」

午前中は将軍の日常行事が詰まっている。勅使などでない限り、将軍の私的な目通りは、昼からが慣例であった。

「そのように手配をいたしまする」

保明が手を突いて平伏した後、御座の間を出ていった。

「あの者は」

大久保加賀守が綱吉に尋ねた。

「館林から連れてきた者じゃ。気が利くのでな、側近くで使っている。柳沢《やなぎさわ》保明という」

「小納戸にちょうどよいようでございますな」

綱吉の説明に大久保加賀守がうなずいた。

小納戸は将軍の洗顔、調髪、着替え、居室の掃除など、身の回りのことを担当する。将軍の側近くで働くため、目に付きやすく出世もしやすい。同じ御座の間に付く将軍最後の盾《たて》、小姓《こしょう》より身分が低いため、小身の旗本でも就任できるだけに、垂涎《すいぜん》の役目であった。もっとも、将軍に近すぎ、嫌われれば身の破滅にもなる。事実、二代将軍秀忠は、顔が気に入らぬという理由で、小納戸一人を手討ちにしていた。

「うむ。気にしてやれ」

「はっ」

将軍から目をかけろと言われた大久保加賀守が首肯した。


数馬の屋敷で一夜を過ごした本多政長は、朝から表御殿《おもてごてん》へ出仕し、次席江戸家老村《むら》井次郎衛門《いじろうえもん》を呼び出していた。

「……なるほど。よくしてのけた」

今回の評定所呼び出しに至る経緯《いきさつ》の説明を村井次郎衛門から受けた本多政長が対応

を認めた。

「畏《おそ》れいりまする」

同じ加賀藩で家老の職にあるとはいえ、相手は藩主綱紀でさえ遠慮する筆頭宿老である。村井次郎衛門がほっと緊張を解いた。

「だが、横山大膳の教育ができておらぬ」

「はい」

横山玄位《はるたか》が馬鹿をしでかした責任の一端は、おまえにあると言われた村井次郎衛門がうなだれた。

「叱るのはここまでじゃ。すんだことを今更《いまさら》言うても詮《せん》なきこと。ただし、今後は厳しくいたせ。殿よりすべての差配を許されて江戸へ参った儂が命じる。筆頭江戸家老であろうが、藩政に悪影響を及ぼすようならば、金沢まで報せるに及ばず。そなたが要《い》ると考えた対応をいたせ」

「はっ」

格式、身分での遠慮はせずともよいとの許可を村井次郎衛門が得た。

「ただし、それを悪用したときは……」

「わかっておりまする」

光る眼で睨まれた村井次郎衛門が震えあがった。

「ならばよし」

本多政長がうなずいた。

「先日の騒ぎで犠牲になった者は何名じゃ」

「女子供まで合わせまして、十一名が……」

問われた村井次郎衛門が悲痛な顔をした。

「そうか、女子供まで手にかけおったか。この泰平の世になんとも非道なことである」

戦国乱世では、一廉《ひとかど》の武将と言われた人物でさえ、敵方の女子供への乱暴狼藉《らんぼうろうぜき》は当たり前のことであった。それはいつ己が死ぬかという恐怖から逃れるためのものであり、そのおそれのない泰平の世では、決してあり得てはならないものであった。

「もう、二度と当家に狼藉を仕掛けては参るまいが、あれば遠慮は不要じゃ。加賀の武名を天下に知らしめよ」

見せしめにせよと本多政長が告げた。

「よろしいのでしょうか」

幕府の咎めが来るのではないか、大人《おとな》しくして嵐がすぎるのをじっと待つのが得策ではないかと村井次郎衛門が問うた。

「昨日の評定がなんのものであった。加賀が無頼に負けたことを隠している。これは幕府を欺《あざむ》く行為であり、さらに無頼ごときにやられるなど武士として恥じなければならないということで開かれた。つまり、武士として武名は見せるべきだと言っておるも同然。逆手に取ったところで、幕府は、大久保加賀守はなにも言えぬわ」

本多政長が嘲笑《ちょうしょう》した。

「ですが……」

「ふむ。では、儂が上様から言質《げんち》を取ってこよう」

まだ危惧《きぐ》する村井次郎衛門に本多政長が述べた。

「……上様に」

村井次郎衛門が息を呑《の》んだ。

「せっかくお目にかかれるのだ。利用しない手はなかろう。なにより、まだ国元が殿の将軍就任騒動の残滓《ざんし》で落ち着いておらぬときに、儂を金沢から江戸まで来させたのだぞ。そのぶんの報酬《ほうしゅう》をいただかねば割りが合わぬだろう」

「……報酬を奪い取ると」

「人聞きの悪いことを申すな。儂はほんの少し、上様からお言葉を賜るだけじゃ」

本多政長が口の端をゆがめた。

「…………」

村井次郎衛門が黙った。

「さて、案内《あない》せい」

「どちらへ……」

腰をあげた本多政長に村井次郎衛門が怪訝な顔をした。

「遺族のもとじゃ。殿が国元におられる今、儂が代わって弔意を示すのは当然であろうが」

「あっ」

言われて村井次郎衛門が小さな声をあげた。

「それもしていなかったのか、そなたは」

「申しわけございませぬ。後始末に追われて、失念しておりました」

あきれた本多政長に村井次郎衛門が頭《こうべ》を垂れた。

「危急のおり、忙しいときこそ、人を見よ。人の心をだ。それが上に立つ者の責務である。家老でござい、組頭《くみがしら》でございと偉ぶるだけなら、案山子《かかし》でもできる。いざというとき、責任を取るからこそ、日ごろ偉ぶることを認められているのだ」

「恥じ入りまする」

また説教を喰《く》らった村井次郎衛門がうなだれた。

「はあ……これは当分国元へ帰れぬか。江戸屋敷を締めなおさねばならぬ」

大きく本多政長がため息を吐いた。


本多政長を迎えた犠牲者の家は大わらわになった。平士どころか平士並《なみ》、与力などからしてみれば、五万石の筆頭宿老など殿上人のようなもので、顔を見ることさえない。その本多政長が真新しい位牌《いはい》に額ずいてくれた。

「当主どのが奮戦なされたおかげで、百万石の武名は守られた。深く感謝をいたす。家督相続については、何一つ心配をなさるな」

そのうえ、本多政長は次代を保証したのだ。

「畏《おそ》れ多いことでございまする」

息子を失った隠居が、

「ありがとうございまする」

夫を失った妻が、涙を流して感激した。

「なにか不便なことがあれば、しばらく瀬能の長屋におるでな。いつでも来てくれ。

なにもかもとはいかぬが、できるだけ力になる。あと、申しわけないことだが、表にできる手柄ではないゆえ、加増はしてやれぬ」

軽く頭を下げてから、本多政長が紙包みを差し出した。

「藩からの見舞い金じゃ。いろいろと要りようであろう」

十一人、一家で二人、三人犠牲になったところもあるため実質五軒の被害者宅を、本多政長が回り終えたのは昼過ぎであった。

「あのお金は……」

村井次郎衛門が気にした。

「五万石もらっても金沢では遣いきれぬ」

本多政長が気にするなと手を振った。

「昼餉《ひるげ》のころを過ぎたな。腹が空いた」

「筆頭宿老さま」

瀬能の長屋へ戻ろうとした本多政長のもとへ、顔色を変えた門番士が駆けてきた。

「どういたした」

村井次郎衛門が問うた。

「御上よりのお使者さまがお見えでございまする」

「来たか」

門番士の言葉に本多政長が首肯した。

## 四

前田対馬《つしま》孝貞に本多政長の留守こそ藩政を把握する好機、今こそ決起されるべきだと口説きに来た阪中《さかなか》玄太郎たちは、言質どころか、好感触一つ得ることもできなかった。

「腑《ふ》抜《ぬ》けたか、対馬」

「前田家の本家たる意義をわかっておられぬ」

一日経《た》っても、阪中玄太郎の同志たちの不満は収まっていなかった。

「どうする、阪中どの。我らの考えを対馬に知られたぞ」

「せめてどのを付けよ。誰が聞いているかわからぬ」

国家老に敬称を付けない同志に阪中玄太郎が苦い顔をした。

「敬意を表すべき価値なし」

一人の同志が否定した。

「そうだ」

「うむ」

同志八名の半分以上が同意の声をあげた。

「………」

阪中玄太郎が目を閉じた。

「そんなことより、今後のことを考えるべきであろう」

敬称を奪うことに賛成しなかった歳嵩の同志が話を進めるべきだと提案した。

「藤原氏《ふじわらうじ》の言うとおりだ。今は、対馬どのがことは忘れよう」

阪中玄太郎が藤原と呼ばれた同志の意見を採用した。

「よろしいのか」

最初に敬称を取った若い同志が懸念を表した。

陪臣の官位停止という幕府の決まりで、守の字を失ったとはいえ、前田孝貞には対馬という名乗りが許されている。本多政長の安房、前田直作の備後などと並んで、加賀藩前田家では、格別な家柄であるとの証明であった。

「今は、と申したであろう」

「では、いずれまた声をかけると」

阪中玄太郎に若い同志が確認を求めた。

「ああ。我らが同志が増えていけば、いずれ無視できなくなる。そのときは、向こうから仲間に入れてくれと願ってくる」

「向こうから……か。おもしろい」

若いだけに覇気がある。若い同志が笑った。

「だが、このままでは同志を拡げるどころか、現状維持すら難しいのではないか」

藤原が懸念を口にした。

「それなのだがな、もう一人声をかけてみたい人物がおる」

「もう一人……」

「どなたじゃ」

阪中玄太郎の言葉に一同が興味を見せた。

「近く寄ってくれ。ここにおる者だけの話じゃ」

密事中の密事だと阪中玄太郎が述べた。

「わかっておる」

「親にも言わぬ」

同志たちが誓いながら、阪中玄太郎を中心に座を縮めた。

「……主殿《とのも》どのじゃ」

「なんだとっ」

「主殿どのといえば、本多安房の嫡男《ちゃくなん》ではないか」

小声で告げた阪中玄太郎に一同が驚愕した。

「馬鹿なことを言われるな。そのようなこと成りたつわけもなかろうが。あの安房の息子ぞ」

若い同志が否定した。

「そうだ。かえって我らのことを知られるだけになる」

「安房から我らが排斥されるわ」

同意見だと同志の数人が反対を表した。

「いかがかの、藤原氏」

阪中玄太郎がそれらに静かにと手を広げて、藤原へ問うた。

「…………」

藤原が目を閉じて思案した。

「妙案と存ずる」

「なにを言われる」

「成り得ぬ話でござるぞ」

提案を認めた藤原を若い同志たちが非難した。

「阪中どののご説明を伺ってからでも、否定するのはよろしかろう」

藤原が若い同志たちの説得を阪中玄太郎に投げた。

「……おぬしにお願いしたかったのだがな」

苦笑しながら阪中玄太郎が話し始めた。

「主殿どのは承応《じょうおう》のころの生まれのはずだ。おそらく拙者より二つ、三つ若い、三十《みそ》路《じ》であろうと思う」

阪中玄太郎が主殿の年齢を口にした。

「それがどうしたと」

「まあ、聞け」

突っかかる若い同志を阪中玄太郎が押さえた。

「三十歳といえば、ほとんどの者が当主になっている。拙者は二十四歳で父から家督を譲られた。藤原氏は」

「拙者は父が死して二十八歳で家督を受け継いだ」

顔を向けられた藤原が告げた。

「野際氏《のぎわうじ》はもっと早かっただろう」

先ほどから反対を言い張っている若い同志に阪中玄太郎は訊いた。

「三年前、十八歳の春に」

まだ意図が読めないからか、不満げな顔で野際と呼ばれた若い同志が答えた。

「そう、皆、三十歳までには家督を継いで当主になっている。しかし、主殿どのは、いまだに部屋住みのまま」

「あっ」

そこまで言われれば、どれだけ鈍くても気づく。野際が声をあげた。

「そう、主殿どのをそそのかして、家督相続をさせるのだ。本多安房さえいなくなれば、同志は増える。安房の圧迫でものも言えぬ者どもが、我らの快挙に快哉《かいさい》を叫ぶであろう。さすれば、対馬どのも立たれようぞ」

「おおっ」

「なるほど」

自信満々で語る阪中玄太郎に同志一同が感嘆の声をあげた。

「のう、阪中どの」

「なんじゃ、藤原氏」

藤原に呼びかけられた阪中玄太郎が反応した。

「主殿どのを口説くのはよいが、どうやって会うのじゃ。対馬どのと違い、主殿どのがおられるのは本多安房の屋敷、我らが面会を求めたところで、認められはせぬと思うがの」

藤原が問題を口にした。

「たしかに」

「どうやれば密談ができる」

同志たちが藤原の投げた石の波紋に首をひねった。

「対馬どのの名前を借りようではないか。主殿どののご正室は対馬どのの娘御。舅が婿を招いても不思議ではなかろう」

「対馬どのが、我らの要望を聞いてくださるとは思えませんが」

阪中玄太郎の案に昨日の様子を思い出した藤原が首をかしげた。

「お名前を使わせていただこう」

「詐称《さしょう》なさるおつもりか。それはさすがにまずかろう」

手立てはあると言った阪中玄太郎に、藤原が抑えた。

「他に手立てはない。ときを使えれば他の手立てもあるだろうが、本多安房が戻って来るまでに仕込みだけでもすませておかねばならぬ」

阪中玄太郎が他に方法はないと首を左右に振った。

「むうう。江戸から安房が帰って来るまで……言われるとおり、とてもゆっくり策を練るだけの暇はございませぬな。兵は拙速を尊ぶを地でいかねばならぬとは」

最年長の藤原が最善ではないが、次善ではあると了承した。

「では、明日にでも主殿どのにお手紙を差しあげるとしよう」

阪中玄太郎が告げた。


将軍からの召喚《しょうかん》を本多政長は受けた。

「謹んで参上つかまつりまする」

本多政長が平伏し、使者が帰った。

「懐かしいの」

目通りの場所は黒書院の廊下となっている。それに本多政長が目を細めた。

「黒書院へお入りになられたことが」

数馬が訊いた。

「一度だけな。家督を父から受け継いだとき、ときの上様にお目通りをいただいた」

「ときの上様とは、家光さまでございましょうか」

「そのとおりだが、どうしてそう思った」

数馬の推測を認めながら、本多政長が問うた。

「二代将軍秀忠さまは、本多佐渡守さまの御係累《ごけいるい》を見たくもございませんでしょう。対して家光さまは、秀忠さまへの御反発がおありだったと伺っております。秀忠さまがお嫌いな人物ほど御気色は良好であったろうと推察つかまつりました」

二代将軍となった秀忠の政にことごとく反発し何度も潰《つぶ》したのは、大御所家康の側近本多佐渡守正信の嫡男本多上野介《こうずけのすけ》正純である。

たしかに、政の経験が浅い秀忠の案が稚拙であったのも確かであるが、それよりも将軍位を譲ったとはいえ駿河《するが》に健在の家康の権威を維持するための反対だった。

もちろん、それくらいのことには秀忠も気づいているが、ならば将軍位を譲らず、そのまま家康が天下の主でいれば恥を掻《か》かずにすんだはずと僻《ひが》むのは当然である。だからといって、家康に逆らうなど、息子といえどもできない。事実、弟の六男忠輝《ただてる》が、謀叛《むほん》を企んだという証拠もない理由で改易になり、伊勢《いせ》朝熊《あさま》へ流罪にされている。

家康に文句が言えないとなれば、その恨《うら》みは代理人である本多上野介に向かうのはやむを得ないことである。結果、本多家は家康の死後、すぐに取り潰された。少なくとも秀忠から、本多上野介の甥《おい》、本多政長に会いたいとは思わない。

「二代将軍に嫌われた本多が、秀忠さまの御嫡男である家光さまに目通りできるのはおかしかろう。父が嫌えば子も嫌うのが道理だと思うが」

本多政長がまだ足らぬと数馬を促した。

「聞けば、家光さまは秀忠さまから嫌われておられたとか。嫌えば嫌われる。家光さまも秀忠さまをお嫌いであった」

二代将軍秀忠は長男を亡くした後嫡男となった家光ではなく、三男の忠長《ただなが》をかわいがった。一時は三代将軍となるのは忠長であるとまで公言していた。

人は権威に惹《ひ》かれる。

将軍が後継指名をしたとなれば、次は忠長だと誰もが思い、家光をないがしろにした。将軍の嫡男でありながら、小姓にもかえりみられぬ吾が身を憂《うれ》いて、家光は自害をしようとした。幸い、寸前で春日局《かすがのつぼね》によって阻止されたとはいえ、子供が死まで考えたのだ。

なんとか家康の裁定で三代将軍は家光になったが、それで受けた仕打ちが消えるわけではない。しっかりと恨みを心に刻んだ家光は、秀忠の好みをひっくり返した。その一つが、本多政長への目通りであった。

将軍が目通りを許す陪臣というのは、少ない。徳川第一の功臣である本多佐渡守の系統である加賀の本多、御三家、越前家に付けられたもと譜代大名の家老、尾張《おわり》の成瀬《なるせ》、竹越《たけのこし》、紀州《きしゆう》の水野《みずの》、安藤《あんどう》、水戸《みと》の中山《なかやま》、越前の本多、そして朝鮮との交易を担う対馬宗《そう》家の家老柳川《やながわ》くらいのものである。

「ふん。まあ及第だな」

本多政長が数馬の答えを認めた。

「しかし、今回は黒書院ではなく、廊下か。これが上様の考えか、他の執政衆の考えか、それで対応が変わる」

「はい」

留守居役をしたことで、幕府役人の格というものを学んだ数馬である。本多政長が悩むのも無理はないと思った。

「ここで考えてもいたしかたないことじゃ。明日、その場に臨めばわかろう。まさに臨機応変じゃ」

本多政長が開き直った。

「それよりも数馬、夕餉《ゆうげ》の献立を変えてもらわねばならぬな。韮《にら》や葱《ねぎ》などの臭《くさ》いもの、猪《いのしし》、兎《うさぎ》、鳥などの殺生ものは、避けねばならぬ」

貴人の前に出るための礼儀を本多政長が告げた。

「承知いたしました。佐奈に命じまする」

数馬がうなずいた。

## 五

本多主殿政敏は金沢城下にある広大な本多屋敷の表御殿で起居している。

「そろそろ家政を学べ」

かなり前から本多主殿は、父政長より領地の経営を預けられていた。

「今年は水害もなくすみそうでございまする」

「そう願いたいな」

本多家の領地を管理している代官の感想に本多主殿が同意した。

すでに秋の取り入れはすんでいる。ここから怖ろしいのは、取り入れた稲を保管している蔵を流すような水害くらいであった。

「年貢はどれくらいになる」

「豊作とまではいきませぬが、玄米で三万八千石ほどになるかと」

本多主殿の問いに代官が概算を伝えた。

「それは重畳《ちょうじょう》だ」

五万石の本多家の年貢は五公五民で二万五千石というのが、表向きになる。実際は新田の開発、新しい農法の採用などで、実高七万石に近い。つまり、通年予想の三万五千石よりも三千石多いのだ。一石一両として、三千両の増収は、本多家にとっても大きいものであった。

「若殿さま」

勘定方《かんじょうかた》の詰め所で執務していた本多主殿のもとに一通の手紙が届けられた。

「前田対馬さまよりとのことでございまする」

「舅どのが、吾《われ》に手紙……はて。先ほども城中でお目にかかったのだが、なにも仰《おお》せではなかった」

藩主が国元に在しているとき、宿老は自領へ帰っているときを除いて、朝表御殿で顔を合わせるのが慣例になっている。ようは、藩主にまじめに仕事をしていますよという主張であった。

「……ふっ」

封を切った本多主殿が鼻で笑った。

「いかがなさいました」

「舐《な》められておるな、吾は。これも父が偉大すぎるからだろうが……」

問うた代官に本多主殿が苦笑した。

「すまぬが、奥に人をやって、琴を呼び出してくれ」

本多主殿が代官に求めた。

数馬との仮祝言はすませたが、まだ輿入《こしい》れしたわけではない。琴は己が狙われた過去もあり、婚家に迷惑を掛けないようにと数馬が江戸へ発《た》つなり、実家へ戻っていた。

「兄上さま、なにか御用でございますか」

琴が軒猿女中の夏《なつ》を連れて、本多主殿の待つ座敷へと顔を出した。

「すまぬな。休んでいたか」

「いえ、裁縫《さいほう》をしておりましただけで」

「瀬能のか」

「はい。肌襦袢《はだじゅばん》を作って送らせていただこうかと」

「そなたが裁縫をするとはな」

「愛《いと》しき殿御がわたくしの縫《ぬ》ったものを身に着けてくださる。そう思えば、一針一針も進みまする」

楽しそうな顔で琴が言った。

「……真《まこと》の琴か」

本多主殿が目をこすった。

「琴が……頰《ほお》を染めて男の話をしている……」

「一度、ゆっくりお話をせねばなりませぬな。兄上のなかでわたくしはどのような女《おなご》に映っておりますのか」

唖然《あぜん》としている本多主殿に琴が冷たい声で言った。

「悪かった」

すぐに本多主殿が謝った。

「はい」

すっと琴が表情を緩めて、微笑《ほほえ》んだ。

「ところで御用は」

早く縫いものの続きに戻りたいと琴が促した。

「これを見てくれ」

本多主殿が手紙を渡した。

「拝見いたしまする……なんともまた稚拙な」

読んだ琴がため息を吐いた。

「そなたもそう思うか」

「前田対馬さまの花押《かおう》もなく、できるだけ供も連れずに城下外れまで来てくれるようにという内容など、偽物以外のなんだと」

琴が唇《くちびる》を吊り上げて笑った。

「襲う気かの」

「それも考慮に入れねばなりませぬ」

本多主殿の危惧《きぐ》を琴も認めた。

いろいろと幕府に、いや徳川に因縁《いんねん》のある本多家は、次男を人質として江戸屋敷に置いている。つまり本多主殿になにかあっても家の継承に問題はおこらないが、父として子に先立たれるほどの不幸はない。もし、本多主殿が殺されるようなことになれば、本多政長の落胆はどれほどのものになるかわからなかった。

「では応じぬが得策か」

「…………」

問うた兄に、妹は黙った。

「変わったな、そなたは」

本多主殿がやわらかい声で言った。

「瀬能と知り合う前ならば、一拍の間もなく行くべきだと申したであろう。虎穴に入らずんば虎児を得ず、どのような者が偽《にせ》の手紙を書いたか、その意図を知るには会うにしかず。顔を見るだけでも損にはならぬとな」

「兄上さま」

琴が気まずそうにした。

「だが、そなたは二の足を踏んだ。頭のなかでは行くべきだとわかっておるのだろう」

「……はい」

確かめられた琴がうなずいた。

「ですが、兄上さまになにかあれば、多くの者が哀しみまする。父上さまも義姉《あね》さまも、もちろんわたくしも」

琴が首を横に振った。

「ありがとう」

本多主殿がうれしそうに礼を言った。

「なによりの言葉である」

そこまで口にした本多主殿ががらりと雰囲気を変えた。

「だが、これは本多家を継ぐ者として逃げてはならぬものである」

「…………」

「吾が身を囮《おとり》とし、前田家に仇《あだ》なす者を仕留める。こうすることで本多家は前田の殿の信頼を得てきた。でなくば、金沢の城を落とすだけの力を持った五万石という大名並の家臣を城近くにはおかぬし、筆頭宿老の座など与えられるはずもなし」

「はい」

琴が首肯した。

「それが本来属すべきであった徳川家を追われた者の宿命。天下人の裏を知る闇の家の定め。前田家の庇護《ひご》をなくせば、本多は潰れる」

本多主殿が覚悟を示した。

「軒猿をすべてお連れくださいませ」

「いや、屋敷と妻、そしてそなたの守りも要る。連れていくのは三名までだ」

「奥には、女軒猿がおりまする。義姉さまとわたくしのことはご懸念無用でございまする」

少人数でいいと述べた本多主殿に琴が認められないと返した。

「軒猿が三人おれば、十人ほどなら相手にもならぬぞ」

「飛び道具のこともお考えくださいませ」

首をかしげた本多主殿に琴が甘いと諭《さと》した。なにせ、琴も一度は弓で狙われたのだ。それも本多家の家臣の一人にである。

「そうであったな」

本多主殿も思い出した。

数馬の気配りが間に合い、なんとか生き延びた琴であったが、その後始末は大事であった。刺客を手配した者をあぶり出すために、本多政長が辣腕《らつわん》を振るったのだ。その影響は藩内だけでなく、越前福井松平家、富山藩前田家にも及んだ。

「ならば五人連れていこう。いや、一人は今宵《こよい》から忍ばせておくとしよう」

場所と刻限は記載されていた。本多主殿はあらかじめ軒猿を伏せておこうと述べた。

「けっこうでございましょう」

琴がようやく許可を出した。

「しかし、なんだの。瀬能は幸せ者よな」

「なにを言われまするやら」

感慨深げに言う兄に琴が困惑した。

「なに、そなたはいい妻になると申したのだ」

「…………」

褒められた琴が頬を染めた。

「呼び出してすまなかった」

本多主殿が琴を下がらせた。

「……琴を変えるほどの男を父は放っておくまい。瀬能は苦労するだろうな。いや、父だけではない。いずれは吾も瀬能を酷使することになる。怒るなよ、琴」

一人になった本多主殿が瞑目《めいもく》した。

# 第四章　謁見《えっけん》の場

## 一

加賀《かが》藩邸から本多政長は数馬たちわずかな供を連れて、江戸城へと向かった。

「いくらなんでも……」

行列さえ仕立てていない本多政長に数馬が忠告をした。

「どうせ、大手門をこえて下乗橋《げじょうばし》までしか家臣どもはほとんど連れていけぬのだ。無駄に人数を揃《そろ》えても意味はない」

本多政長が手を振った。

江戸城表御殿《おもてごてん》へ登る大名たちが下馬札より奥へ連れていける人数には決まりがあった。

大手門の次、三ノ御門に到る途中にある橋を下乗橋といい、ここからは乗輿《じょうよ》を許されている十万石以上でさえ、侍三人、草履取《ぞうりとり》一人、挟箱持《はさみばこもち》一人、それ以下になると侍二人、草履取一人、挟箱持一人だけになった。本多家は一応一万石以上の大名扱いを許されているので、侍、草履取、挟箱持合わせて四人になる。

「それでわたくしが」

留守居役《るすいやく》である数馬は、表御殿の蘇鉄《そてつ》の間《ま》まで入ることはできる。つまり、本多政長の供に入らない。

「一人でも多いと、いざというときに便利であろう」

「なるほど」

数馬が納得した。

本多政長は、規定より一人だけだが、手の者を多く江戸城内へ入れられた。

「見えてきたの」

江戸城大手門が近づいてきた。

「…………」

「そう固くなるな。今日は、あまり無茶をする気はない」

緊張し始めた数馬の肩を本多政長が叩《たた》いた。

「真《まこと》でございましょうか」

「疑うな。相手は上様じゃ。脅《おど》すわけにもいくまい」

「上様でなければ、脅すと」

「ときと場合によるな」

疑いの目を向けた数馬に本多政長が飄《ひょう》々《ひょう》と告げた。

「では、お先に」

数馬が大手門前で本多政長から離れた。先に行き、納戸口《なんどぐち》で本多政長の登城を待っているだろうお城坊主へ金を摑《つか》ませるためであった。

「うむ」

鷹揚《おうよう》にうなずいた本多政長が見送った。

「刑部《おさかべ》」

草履取に扮《ふん》した刑部に本多政長が声をかけた。

「承知いたしております」

「気取《けど》られるな」

「お任せを」

念を押した本多政長に刑部が小さくうなずいた。

江戸城表御殿への出入りになる納戸口へ着いた数馬は、そこに五人のお城坊主が待機しているのを見た。

「普段は一人、二人なのだが。やれ、用意してきた紙包みで足りるかな」

お城坊主たちの露骨な目的に数馬が苦笑した。

城中雑用を担《にな》うお城坊主は、大名や役人の便宜を図って心付けをもらうことで生活を維持している。要は、金をくれた者には親切に、くれなかった者には手を貸さないのだ。

本日、昼から登城してくるのが、普段江戸にいない加賀藩の国家老だとはすでに告知されている。慣れていない江戸城で戸惑うのは必至なのだ。

とくに今日は、上様のお召しでの登城だけに、遅れることはもちろん、些細《ささい》な粗相《そそう》さえ許されない。

当然、諸事に精通しているお城坊主を頼るのは赤子にもわかる。そして、お城坊主を機嫌良く動かすには金が必須だということなど、留守居役をしていれば知っている。

今、ここに居るのは、それを見こしてのことである。

手の空いている者は、すべてここに集まっていると数馬はあきれた。

「お坊主衆」

厚かましいとは思っていても、留守居役がそんなことを顔に出すわけにはいかない。普段以上の笑顔で数馬がお城坊主へと近づいた。

「これは加賀の留守居役どの」

老齢に達しているだろうお城坊主が代表して応じた。

「いつもお世話になっております。本日は、我が加賀前田家の国家老が上様のお召しに応じ、参上つかまつりまする」

筆頭宿老《しゆくろう》という肩書きは、藩内だけのものであり、幕府にとっては外様大名の国家老でしかなく、そこに筆頭も末席も関係はない。

「伺っておりまする」

老齢のお城坊主がうなずいた。

「なにぶんにも、城中不案内でございまする。皆様のお力添えなくば、とても上様にお目通りできませぬ。つきましては、格別なご配慮を願いたく……」

そこまで言って、数馬は懐《ふところ》から小判を三枚包んだものを出した。

「これを」

「おおっ。お心遣《こころづか》いかたじけなく」

差し出された紙包みを手にした老齢のお城坊主が、すばやく上下させて重みを量った。

「愚昧《ぐまい》にお任せあれや」

老齢のお城坊主が満足した。

「ご一同さまにもよしなに願いまする」

物欲しそうに数馬を見ているお城坊主たちに、数馬が二両入った紙包みを配った。

「遠慮なくいただきまする」

「なんなりとお申し付けあれ」

やはり手で重さを量ったお城坊主たちが口々に述べた。

「また、本日のお目通り、無事にすみましたおりには、あらためまして御礼をさせていただきまする。どうぞ、お名前をお教えくださいませ」

数馬が老齢のお城坊主に問うた。

「これはご丁寧《ていねい》なご配慮でござる。愚昧は宗起《そうき》と申しまする」

「宗起どの。お名前たしかに承りました。他の御一同への感謝の品も貴殿にお願いしてよろしゅうございますかな」

「もちろんでござる」

一人だけを厚遇するというのも外交として使う手ではあるが、今日はまずかった。

「なぜあやつだけが……ならば、加賀の足を引っ張って礼をもらえぬようにしてくれよう」

差があることへの不満が、宗起ではなく本多政長に向かいかねないのだ。

「かたじけなく」

他のお城坊主たちも満足げな顔をした。

「では、まもなく参りまする。なにとぞ、なにとぞ」

お城坊主を拝むようにして、数馬は蘇鉄の間、通称留守居控えへと入った。

「瀬能氏《うじ》」

すぐに同藩の留守居役である六郷《ろくごう》が気づいて、近づいてきた。

「本多さまは」

「大手門前まで一緒に参りました。もうまもなくかと」

訊《き》いた六郷に瀬能が告げた。

「ぬかりはなかろうな」

「後日の礼も約束して参りました」

「よろしかろう。いくらするとは申しておらぬだろうな」

「はい。うまくいけば、後日あらためて礼の品をとだけ」

確認した六郷に瀬能が答えた。

「よろしい。後は待つだけじゃな」

六郷が祈るように目を閉じた。

「よろしいかの」

数馬と六郷の側に数人の留守居役が寄ってきた。

「なんでござる」

六郷がさっと集まって来た留守居役の顔を見た。

「御三家の留守居役のお歴々がおそろいでございますな」

誰かを認識した六郷が驚いた。

「ちと願いがござってな」

代表して御三家筆頭尾張《おわり》家の留守居役が口を開いた。

「なんでございましょう」

「今度、お二方を宴席にお招きしたい」

問うた六郷に尾張家の留守居役が述べた。

「宴席に……お招きいただく理由がございませんが」

貸しと借りで成りたつ留守居役である。宴席に招かれるだけでも借りを作ることになった。

「本日の次第をお教えいただきたいのでござる」

尾張家の留守居役が用件を話した。

「なぜ、御三家さまには珍しいことではございますまい」

六郷が首をかしげた。

御三家の付け家老は、徳川家康の股肱《ここう》の臣だった者がほとんどである。将軍を秀忠に譲った家康は、他の子供たちを別家させた。そのとき、子供が一人前になる手助けをしてくれるようにと、家臣のなかから傅役《もりやく》を選んだ。それが付け家老の始まりであった。

「大御所さまのお申し付けとはいえ、それだけはご勘弁願いたく」

当初、付け家老を命じられた家臣たちは、揃って拒否した。

いかに家康の信頼が厚いから、傅役を任せられたとはいえ、その別家の者となってしまうのだ。

家康の直臣から、譜代格という名の陪臣《ばいしん》への格落ち、天下人の家臣だという自負がある者にとって、これは罰でしかなかった。

「末代まで直臣として扱う」

家康がこう約束して、なんとか付け家老を引き受けさせたが、いつまでも続くはずはなかった。家康が死ぬと付け家老は直臣ではなく陪臣として扱われ出した。ただ、家康の約束がある。幕府としてもそれをすべて無にするわけにはいかず、家督相続のときの目通りと、藩主代理として登城することを許した。

今、御三家の当主たちは、少なくとも一度、江戸城で将軍に目通りをしていた。

「それが……」

尾張家の留守居役がちらと隣の紀州《きしゅう》藩の留守居役を見た。

やむを得ず口を出した紀州藩の留守居役も濁した。

「……上様が」

「なんのことやら、わかりませぬ」

六郷が困惑して見せた。

このていどのこと推測できないようでは、留守居役、それも肝煎《きもいり》など務まるはずもない。六郷にはしっかり三人がなにを言いたいかわかっていたが、それを忖度《そんたく》してやるのはまずかった。忖度は、あとで「勝手に向こうがやった」「そのようなことを要求したことはない」と逃げ道を与えることになる。

留守居は外交を担当する。こちらに有利、相手に不利こそ本分である。はっきりと要求を口にさせ、いざというときの責任を明確にできるようにしなければならない。

「……むっ」

「おいっ」

「のう」

御三家の留守居役たちが顔を見合わせた。

「ここは貴殿が。御三家筆頭ということで」

「いや、そちらこそ先達《せんだつ》ではございませぬか」

尾張と紀伊《きい》の留守居役が押しつけ合った。

「水戸《みと》どのはどう思われる」

一人かかわりのない顔で黙っていた水戸の留守居役に尾張の留守居役が問うた。

「わたくしは末席でございますれば、お二方にお任せをいたしまする」

水戸の留守居役が逃げた。

「そろそろよろしいかの。本日はご存じの通り、用がございますので」

六郷があきれて、さっさとしてくれと急《せ》かした。

「いたしかたなし。拙者《せっしゃ》がいたしましょう」

尾張の留守居役が口にした。

「まず、お断りしておきたい。今から話すことは三家共通の願いでござる」

しっかりと尾張の留守居役は責任を紀伊と水戸にも分けた。

「承知いたした」

六郷がうなずいた。

「それをおわかりいただいたうえでの願いでござる。本日の貴藩本多どのがお目通りの始終を詳しくお教え願いたい。これは、今までと上様が違われるゆえに、過去との差があったとしたら、それへ応じたいがため」

尾張の留守居役が述べた。

「なるほど。上様が代わられたことで、前例が通用するかどうかをお知りになりたいと」

「さようでござる」

解釈にまちがいはないなと念を押した六郷に尾張の留守居役が首肯《しゅこう》した。

「ならば、この瀬能が適任でござる」

「ずいぶんとお若いが……」

推薦した六郷に尾張の留守居役が不安そうな声を出した。

「この者は、留守居役になってまだ一年ほどと浅いため、蘇鉄の間当番をさせてはおりませぬが……」

そこで六郷がわざと言葉を切った。

「……本日、上様へお目通りを願う本多の娘婿《むすめむこ》でございますゆえ、舅《しゅうと》から話を聞くに適しておりまする」

「本多どのが婿……」

「五万石の……」

尾張と水戸の留守居役が目を大きくした。

「まさか、琴姫さまの……」

紀伊の留守居役が息を呑《の》んだ。

「瀬能、ご挨拶《あいさつ》をいたせ」

「はっ」

六郷にうながされた数馬が、一礼した。

「加賀藩江戸留守居役瀬能数馬と申しまする」

「尾張の伊田《いだ》である」

「紀伊の二藤《にとう》じゃ」

「水戸の田辺《たなべ》と申す」

数馬の名乗りに御三家の留守居役たちも応じた。

「瀬能氏、明後日《あさって》はいかがであろうか」

若い瀬能が相手になった途端、尾張の留守居役伊田の態度が横柄になった。

「申しわけございませぬが、義父のこともあり、五日ほどはご猶予《ゆうよ》をいただきたく存じまする」

数馬が日延べを要求した。

「五日か」

「それくらいならばよろしかろう。付け家老どのも将軍家へ目通りを願う予定もございませせぬし」

「いたしかたございますまい」

御三家の留守居役たちが協議した。

「では、あらためて日と場所を決めてから報せるゆえの」

尾張の留守居役の伊田が数馬に告げた。

「承知いたしました」

数馬が引き受けた。

「吉原《よしわら》は三度目であったか」

六郷が確認した。

「はい」

数馬がうなずいた。

「同格組のお三方からのお誘いじゃ。いかに向こうから話が来たとはいえ、馬鹿なまねをいたすなよ」

「気をつけまする」

六郷の忠告を受けた数馬がうなずいた。

「……そろそろ始まるころか」

数馬に釘を刺した六郷が難しい顔をした。

藩主が江戸城でなにかをしでかし、目付《めつけ》から咎《とが》めを受けるとなったときは、最初に留守居役に報せが来る。今回も同じであった。蘇鉄の間にお城坊主が駆けこんで来なければ、なにもなく目通りが終わったとわかる。

六郷と数馬が無言になった。

## 二

納戸口に着いた本多政長をお城坊主宗起が出迎えた。

「加賀藩前田家国家老本多政長さまでございますな」

「いかにも本多でございまする」

本多政長が答えた。

「本日のご案内をいたしまする宗起と申しまする。よしなにお願いをいたしまする」

「こちらこそ、よろしくご指導を願いまする」

士分でさえないお城坊主だが、老中や目付たちとも話ができる。

「あのお方は……」

「このようなことを仰《おお》せでございました」

直接老中や目付の耳に話を届けられる。それこそ、お城坊主を怒らせたために、更《こう》迭《てつ》された役人も多い。

本多政長はていねいに応えた。

「では、こちらへ。まずはお着替えをお願いいたしまする。その後は、お呼び出しがあるまでお控えいただきまする。そのための下部屋がこちらで」

宗起が先に立った。

「こちらでございますな」

うなずきながら本多政長が従い、その後に四人のお城坊主がなにをするでもなく続いた。

「……お手伝いをいたしましょう」

本多政長が手にしていた風呂敷包みを後ろに付いていたお城坊主が受け取り、なかからお目通りするための裃《かみしも》を取り出した。

殿中での装いは、従六位以上従四位以下は大裃に長袴《ながばかま》と決まっている。本多家も父本多政重《まさしげ》のときまで従五位下安房守《あわのかみ》に任じられていたが、今は無位無冠である。衣服は評定所《ひょうじょうしょ》への呼び出しと同じ裃であった。

「あっ、御髪が」

着替えに五人も要《い》らない。手出しできなかったお城坊主が本多政長の髷《まげ》に触れた。

「…………」

許可なく髷に触れるのは無礼である。しかし、本多政長は咎めなかった。

「……できましてございまする」

宗起が本多政長に準備は整ったと告げた。

「かたじけない」

「では、このままお待ちを」

礼を述べた本多政長に宗起が告げた。

「……ふう」

下部屋からお城坊主たちが出ていったのを見て、本多政長がため息を吐《つ》いた。

「ますます酷《ひど》くなっておるな」

かつて家光に目通りをしたときのことを思い出して本多政長が首を横に振った。

「権威は手順で見せつけるものではなかろう。真に力があれば、自然と人は集まり、頭《こうべ》を垂れる。上から頭を抑えつけていては、逆にあげてやろうと反発する」

本多政長が目を閉じた。

「祖父の残したかった徳川は、もう滅んだのかも知れぬ」

小さく本多政長が呟《つぶや》いた。

「殿」

「刑部か。どうであった」

天井から聞こえてきた声に本多政長が訊いた。

「なにもございませんでした。武者隠しにも人は配されておりませなんだ」

刑部が告げた。

草履取として本多政長に付いて江戸城内に入った刑部は、すばやく謁見場所となった黒書院《くろしょいん》廊下の下見に出ていた。

「伊賀者《いがもの》もいなかったのか」

本多政長が怪訝《けげん》な顔をした。

「今のところは。殿が黒書院廊下に入られてから現れて来るかも知れませぬが」

刑部が幕府の取り得る手立てについて述べた。

「しかしだな、そなたの侵入を許したというのはどうなのだ。そなたたち軒猿《のきざる》は、我が屋敷への侵入などさせまいが」

「もちろんでございまする」

本多政長の問いかけに刑部が胸を張った。

「上様の御身を護《まも》るだけが、忍《しのび》の役目ではない。江戸城全体、さすがに外郭までは無理だが、本丸くらいは結界を張っていて当然であろう」

「……たしかに仰せの通りでございまする」

刑部がうなずいた。

忍が護っている内側を結界と呼ぶ。結界のうちに敵を入れないというのは、忍の矜持《きょうじ》である。事実戦国の北条《ほうじょう》氏は風魔《ふうま》一族を抱え、小田原《おだわら》城の惣曲輪《そうぐるわ》に結界を張らせていた。そのため、徳川家康の囲う伊賀者や甲賀者《こうがもの》が忍び込めず、なかなか北条氏の動向を探れず、苦労したと言われている。そこまで古く遡《さかのぼ》らずとも、今の薩摩《さつま》がそれであった。捨《す》てかまりという乱破衆《らっぱしゅう》を持つ薩摩島津《しまづ》家は、いまだその結界を維持しており、幕府の隠密でさえなかなか中の様子を知ることができなくなっている。

「罠《わな》でございましょうか」

なかへ取りこんで、包囲殲滅《せんめつ》するのも忍の常套《じょうとう》手段であった。

「一応警戒をしてはおかねばなるまいが、違うような気がしておる。そういった罠ならば、上様を囮《おとり》に使ったことになる」

刑部の懸念を本多政長が否定した。

「上様を囮……」

「まずかろう。とくに上様のお世継ぎはまだあどけない。今、上様に万一があれば、甲府公が出張《でば》ってこられよう」

息を呑んだ刑部へ、本多政長が語りかけた。

「さすがの朝廷も幼児に形だけになったとはいえ、武家の頭領たる征夷大将軍の位をお与えにはなるまい」

西の丸に入っている将軍嫡男徳松は、やっと三歳になったばかりである。武家の頭領どころか、馬に乗ることもできず、刀も振るえない。

即位した瞬間人から神になる天皇とは違うのだ。征夷大将軍も実際に槍《やり》を振るうことはないが、それでも戦場には出なければならない。

総大将が本拠地から動かなかったために負けたという話はいくつもある。関《せき》ヶ原《はら》の合戦が、そのいい例であった。どのような理由を付けようとも、関ヶ原の合戦が豊臣《とよとみ》と徳川の覇権をかけた戦いであったのはまちがいない。そこに家康はいて、豊臣秀頼《ひでより》はいなかった。

もし、豊臣秀頼が千成瓢簞《せんなりびょうたん》の馬印を立て、出陣していたら、小早川秀秋《こばやかわひであき》の裏切りはなく、その他の福島正則《ふくしままさのり》、黒田長政《くろだながまさ》ら豊臣恩顧《おんこ》の大名も矛《ほこ》を引くしかなくなったはずである。

そのことを身に染みて徳川家は知っている。

「幼子に将軍は務まらず」

関ヶ原を口実に甲州《こうしゅう》徳川綱豊《つなとよ》が出てくれれば、老中たちも反論できない。

「では、徳松さまが元服なさいますまで」

せいぜい期限を付けるくらいしかできず、そんなもの徳川綱豊が将軍になってしまえば、どうにでもなる。江戸城に閉じこめているに等しい子供へ毒を盛るくらいは容易である。

「今は死ねぬのだ、上様は」

本多政長が断言した。

「となりますると……」

「伊賀者は働いておらぬと考えるべきだろう」

刑部の質問に本多政長が告げた。

「…………」

声には出さず、刑部があきれた。

「先ほどの坊主にしてもそうだ。数馬が金を撒《ま》いたのだろうが、一人ですむ用に五人など、無駄にもほどがある。無駄を気にしなくなったとき、いや、無駄を余裕だとまちがったとき、滅びは始まる」

「心しまする」

本多政長の言葉に刑部が身を引き締めた。

「……どうやら、参ったようでございまする」

刑部が近づいてくる足音を聞き分けた。

「早かったな。一刻（約二時間）は放置されると思っていたのだが……」

本多政長が苦笑した。

「では、わたくしは」

「うむ」

音もなく天井裏へと戻った刑部を、本多政長は目で追うことなく、襖《ふすま》へと顔を向けた。

「よろしゅうございまするか」

「どうぞ」

襖の外から許可を求めた宗起に本多政長が応じた。

「……お迎えのお小納戸《こなんど》衆さまがお見えでございまする」

「お小納戸さまが」

宗起の口から出た役目に本多政長が驚いた。

小納戸は将軍の身の回りを世話するのが役目であり、御座《ござ》の間《ま》を出てなにかをすることはまずなかった。前回、家光に本多政長が目通りをしたときは、警戒からか目付一人、書院番士《しょいんばんし》、小姓組《こしょうぐみ》番士に囲まれてであった。

「小納戸柳沢保明でござる」

宗起の後ろから堂々たる体軀《たいく》の若い旗本が姿を現した。

「これは、遅れましてございまする。加賀前田家にて執政の役目を承っておりまする本多政長と申しまする。本日は、お出迎えをいただき感謝いたしております」

「いえ。上様のお指図でございますれば」

「畏《おそ》れ多いことでございまする」

将軍の命《めい》だと言った柳沢保明に、本多政長が深く頭《こうべ》を垂れて謝意を示した。

「では、参りまするぞ。無駄にときを過ごしては上様のお気色を損ねるゆえ」

「はっ」

柳沢保明が、本多政長を急かした。

江戸城は本城だけで九万四千坪弱（約三十一万平方メートル）、表御殿はおよそ一万二千坪（約四万平方メートル）ある。

広大な建物は、さらに廊下や入り側、座敷で仕切られ、慣れない者ならば、まず一度で目的の場所へたどり着けないほど複雑になっていた。

本日の謁見場所となる黒書院は、少し中奥に近い表御殿としては奥まったところにあった。

中庭を挟んで相対する位置にある白書院が玄関に近いことから少し格上とされ、幕府としての公式な、年始や五節句などの謁見に、御成廊下へと続く黒書院は将軍居室に近いことから、私《わたくし》の場合に使われることが多かった。

「ここで控えおるように」

山吹《やまぶき》の間《ま》を廊下代わりに通過、羽目《はめ》の間《ま》をかすめて、柳沢保明は本多政長を案内し、黒書院御縁頬下側《ごえんがわ》に座れと指示した。

「はい」

本多政長が縁頬下座に腰を下ろした。

「…………」

その様子を一つ上座になる西湖《せいこ》の間《ま》下段で目付三人が見張っていた。

黒書院は将軍が座る十八畳の上段、やはり十八畳の下段、その他の囲炉裏《いろり》の間《ま》、西湖の間、溜《た》まりの間《ま》、縁頬でなりたっており、総坪数は百坪近くに及んだ。

「…………」

座に着いたら、私語は厳禁である。私語どころか、くしゃみ、咳払《せきばら》いなども咎められる。

本多政長は瞑目《めいもく》して静かに待った。

「しいい、しいっ」

小半刻《こはんとき》（約三十分）ほどで、小姓が発する静謐《せいひつ》の声が聞こえてきた。

「控えおろう」

目付が本多政長に命令した。

「…………」

無言で本多政長が腰を深くおり、額を床に押しつけた。

「……ご出座である」

静謐の声が終わり、代わって綱吉の登場が告げられた。

「本日、お召しにより前田加賀守臣本多政長が参上つかまつっておりまする」

目付が大声を張りあげた。

「であるか」

綱吉が応じた。

「保明」

「はっ」

下段で控えていた柳沢保明が綱吉に応じて、姿勢をそちらへ変えた。

「面《おもて》を上げよと申せ」

「はっ」

綱吉に言われた柳沢保明が姿勢をふたたび変えて、本多政長を見た。

「面を上げよとの、ありがたきご諚《じょう》である」

柳沢保明が綱吉の言葉を本多政長へと中継した。

「かたじけなき仰せでございまする」

一度頭をより下げた本多政長が顔をあげ、両手を床に付け半身を起こした状態になった。

「近うよれ」

「はっ。上様より、近くへとご諚である」

またも綱吉の指図を柳沢保明が橋渡しした。

「ご威光畏れ多く、とても」

その場で本多政長が身じろぎをした。

将軍が直接声をかけず、柳沢保明に取次をさせるのも、言われたからといってすぐに動かないのも、決まりごとであった。

「かまわぬ」

「よいと仰せじゃ」

「とてもとても」

同じ遣《や》り取《と》りが繰り返される。

「許す」

「お許しくださった」

「ははっ」

三度目でようやく本多政長は、下段の間下座へと移動が認められた。

「……………」

そこでもう一度本多政長は平伏したのち、顔をあげた。

「これが新しい将軍か。癇《かん》の強そうな額が家光さまに似ているわ」

綱吉の顔を見た本多政長が、口のなかで呟いた。

三

五代将軍綱吉は、初めて陪臣と会った。

館林の藩主だったときはどうだといわれても、藩士たちはほとんどが旗本の次男、三男であり、それらも今は全員旗本として復帰している。

真の意味での陪臣を見るのは、本多政長が初めてであった。

「あれが佐渡守《さどのかみ》の孫……」

顔をあげた本多政長に綱吉が漏《も》らした。

「お側《そば》の方まで申しあげまする。加賀前田家の家臣本多安房政長めにございまする。本日は上様へのお目通りがかない、恐悦至極《きようえつしごく》に存じまする」

本多政長が仲介役の柳沢保明へ挨拶を述べた。

「上様……」

「よい。聞こえた」

本多政長の言葉を告げようとした柳沢保明を綱吉が制した。

「直答を許す」

綱吉が本多政長との直接対話を認めた。

「はっ」

柳沢保明がすっと二人の邪魔にならないところへ身を退いた。

「綱吉である」

「畏れ多いことでございまする」

将軍の名乗りを受けて、本多政長が平伏した。

「安房、そなたを江戸へ呼んだのは、神君家康公と本多佐渡守についての話を聞きたいと思ったからである」

表向きの理由を綱吉が口にした。

「一代の誉《ほま》れと存じまする。なんなりとお訊きくださいませ」

本多政長がうなずいた。

「まず、本多佐渡守と神君さまのかかわりを話せ」

「はっ」

綱吉の命に本多政長が首肯した。

「祖父佐渡守が、初めて神君家康さまにお目通りを願ったのは、まだ家康さまが今川《いまがわ》義元《よしもと》のもとで人質をなされていたころでございまする」

一昨日の評定所と同じである。本多政長は、ゆっくりと話を始めた。

「松平家に鷹匠《たかじょう》として仕えておりました祖父は……」

「鷹匠だと。そちの本多家は本家であろう」

驚きの話し始めに綱吉が目を剝《む》いた。

「本家ではございますが……」

本多政長が綱吉の問いに答えた。

「当家の祖は、京下鴨《しもがも》の社《やしろ》で神官を務めておりました。その先祖が三河《みかわ》の国に新たな社を造るための神官として派遣されたのが本多家の始まりと言われておりまする」

どこにでもある話であった。

地方の豪族や国人領主は、己《おのれ》の土地の百姓たちを統制するのに神や仏を使った。神社を建てたり、寺を建立して、そこに手慣れた者を神官あるいは僧侶として迎え、神仏の庇護《ひご》は吾《われ》にはありと周囲に見せつけるのである。

本多家もその流れを追っていた。

「やがて、三河の地に根付いた我が一族は、勢力を伸ばし、いくつもの分家筋を造りました。その結果こそ、現在の庶流《しょりゅう》でございまする」

「なるほどな。いつまでも分家が本家より小さいとは限らぬの」

綱吉が納得した。

「はい。その結果、本家を凌駕《りょうが》する分家が出て参りました」

本家と偉ぶったところで神官ていどでは重石《おもし》にならない。やがて一族が独立を果たし、周囲の土地を抑えて土豪になるのは当然の流れであった。

「没落いたしておりました当家が、鷹匠になったのはなぜかは知りませぬ。ですが、代々鷹匠として松平家へ随臣《ずいしん》しておりました。そんな祖父に神君家康公よりお召しがございました」

「…………」

求められた以上は満足するまで話をしなければならない。本多政長は伝えられているものを綱吉に披露した。

「……そして祖父は神君家康公が死を迎えられた後をお慕いし、世を去りましてございまする」

評定所で語ったところまで本多政長が終えた。

「なるほどの。よく佐渡守と神君のかかわりがわかったわ」

満足げに綱吉がうなずいた。

「のう、そなたの父は、本多佐渡守の次男でありながら、かの上杉《うえすぎ》の謀臣直江山城守《なおえやましろのかみ》兼続《かねつぐ》の娘婿だったの」

「さようでございまする」

綱吉の問いかけを本多政長が認めた。

徳川家に仕えていたとき同僚と喧嘩《けんか》をして斬殺、本多政長の父政重は逐電《ちくでん》した。その後、宇喜多《うきた》家や福島家、前田家などを渡り歩いた本多政重は上杉家で落ち着き、直江兼続の娘を妻に迎えた。

その後、直江兼続の娘が病死、上杉家を離れた本多政重は、間に立つ人があり、ふたたび前田家へ属した。

「世に言う直江状というものを知っておるか」

「……………」

綱吉の言葉に黒書院が緊張した。

直江状とは、なんとかして豊臣恩顧の大名たちを切り崩したいと考えた徳川家康がかつて前田利長にしたのと同じく、謀叛《むほん》の罪を押しつけて上杉家を膝下《しっか》に押さえこもうとしたことへの反発として、直江兼続が家康へ送ったとされる書状であった。

上杉家が軍備を固めているのも砦《とりで》を増やしているのも浪人を集めているのも、謀叛をするための用意である。弁明をするために上方へ出仕《しゅっし》せよと記した家康の詰問状《きつもんじょう》へ対して、上方の武将が茶器を集めるのを好むのと同じく上杉は軍備を好むだけであり、砦を造っているのは、奥州《おうしゅう》の諸大名が叛意《ほんい》を抱いたときにそれを止めるためのものであり、浪人を集めるのは上方辺りの武士が妾《めかけ》を囲う代わりに人を集めて役に立たせようとしているだけであり、なんら疚《やま》しいことはないと直江兼続が言い返した。

これだけならば、さほどの問題にはならなかった。もともと家康の詰問状自体が難《なん》癖《くせ》でしかなかったからだ。

問題は、その内容にあった。

直江兼続は家康のやったことを姑息《こそく》だとさんざんこき下ろしたのだ。

「無礼千万なり。五大老の筆頭として天下の大政を預かる余をないがしろにした。これで上杉の叛意はあきらかじゃ」

柄のないところに柄を付けて、その柄で突き指をしたと、柄杓《ひしやく》の持ち主に怒る。まさに難癖も極まる。それだけに直江状のことは天下人となった徳川にとって、触れたくない過去であった。

そのことを綱吉が口にした。黒書院にいた者が驚くのも当然であった。

「直江状でございまするか。存じておりまする。いえ、見たことがございまする」

「なっ、なんだと」

淡々と答えた本多政長に綱吉が驚愕《きようがく》した。

「はい。本物ではございませぬが、下書きが吾《わ》が家に伝えられておりまする」

あっさりと本多政長が告げた。

「……一同、遠慮せい」

一瞬の間を置いて衝撃から立ち直った綱吉が手を大きく振った。

「ですが、上様。この者が上様へ無体を仕掛けるかわかりませぬ」

目付が本多政長と二人きりになるのは、まずいと反対した。

「黙れ、躬《み》の命じゃ」

綱吉が忠告した目付を怒鳴った。

「お怒りは重々承知のうえで申しあげまする。直臣でもない者とご同席なさるだけでもよろしくございませぬところに、余人を排するなどとんでもないことでございまする。せめて、我ら目付だけでもお残しくださいますよう」

役目からも認められないと目付が抗弁した。

「……わかった。ならば、保明、そなたが残れ」

「なにをっ。小納戸ごときに」

「それ以上は許さぬ」

指図に反発しようとした目付を綱吉が怒鳴りつけた。

「御意であるぞ」

これ以上目付と将軍が争うのを陪臣に見せつけるのはまずいと考えた柳沢保明が、大声で場を制した。

「むっ……」

格下もいいところと考えている小納戸に怒鳴りつけられた目付が憤《いきどお》りかけたが、

御意という言葉に思いとどまった。

目付が老中や御三家でも監察、訴追できるとはいえ、将軍の家臣であることには変わりない。どれだけの権限があろうとも、そのすべては将軍から貸し与えられたものでしかないのだ。

将軍を怒らせて無事な目付などいなかった。

「さっさと出ていけ」

将軍としての権威を見せつける好機でもある。綱吉が怒りの表情でもう一度手をより大きく振った。

「はっ」

目付たちが一礼して黒書院から出ていった。

「……これでよい」

綱吉がうなずいた。

「保明よ、これから耳にすることの他言を禁じる」

「承知いたしております る」

念を押された柳沢保明が首を縦に振った。

「よし。では、安房よ。なぜ、そなたのもとに下書きとはいえ、直江状がある……そうか、そなたの父が舅《しゅうと》から預かったな」

質問している途中で、綱吉が自ら思いあたった。

「さようでございまする。父は義父からこれは直江にあるより、そなたが持っている
ほうが安全だと預かりましてございまする」

本多政長が綱吉の予想を正解だと告げた。

「それはどこにある」

「金沢の我が屋敷の客間にかかっておりまする」

「なにをしておる」

問われて答えた本多政長に綱吉が絶句した。

「隠すより、紛《まぎ》らわせよでございまする」

「木の葉を隠すに森のなかというやつか」

「はい」

綱吉の感想に本多政長がうなずいた。

「それを見せよと申しても……」

「急ぎ取り寄せても十日はかかりまする」

腕を組んだ綱吉に本多政長が首を横に振った。

「一度は見たいが、しかし、他人に運ばせるわけにもいかぬな」

綱吉がため息を吐《つ》いた。

徳川にとってつごうの悪いものの一つと言える直江状を金沢から江戸へ運ぶ。それが万一漏れたら、どのような事態になるかは想像できた。

「国元へ戻り、わたくしが江戸へ持参いたしてもよろしゅうございますが……」

「堂々たる隠密を二度も躬のもとへ呼んでは、口さがない者がなにを言い出すかわからぬの」

「甲府辺りからきつい風が吹きましょう」

「……そうだな」

砕けた本多政長に綱吉が瞳を大きくした。

「それが地か」

「はい」

訊かれた本多政長が認めた。

「無礼なっ」

「よいわ。こやつの祖父は家康さまに幼馴染《おさななじ》みとまで言わしめたのだぞ。世が世であれば、躬とこやつがそうであってもおかしくはない」

怒った柳沢保明を綱吉が宥《なだ》めた。

「お馴染みというのでございましたら、わたくしめよりも息《そく》の主殿《とのも》が歳回りも近うございまする。わたくしは爺《じい》というところかと」

咎められないのをいいことに本多政長が笑った。

「言いおるわ」

綱吉が苦笑した。

「ならば、爺。直江状がそなたの家に譲られた意味を申せ」

「その前に」

わざと本多政長が声を潜めた。

「いかがいたした」

怪訝な顔を綱吉がした。

「伊賀者に聞かせてよろしいのでしょうや」

ちらと本多政長が天井を見上げた。

「……伊賀者。そのような者が黒書院に控えておるのか、保明」

懸念を見せた本多政長に綱吉が柳沢保明へと話を振った。

「おらぬはずでございまする。伊賀者は上様の私《わたくし》をお守りすべく、御広敷《おひろしき》と大奥を警固《けいご》しておりまする。表御殿の警固は小姓組番、書院番、新番《しんばん》が厳重に護りを固めておりますれば、ご安堵《あんど》くださいますよう」

柳沢保明が伊賀者は不要だと答えた。

「ならばよい。爺、さっさと申せ」

「承りましてございまする」

綱吉の要求を今度は本多政長が受けた。

# 四

刑部は黒書院の天井裏で、主《あるじ》と将軍の遣り取りを見ていた。

「相変わらず、度胸がおありである」

将軍相手に引けを取っていない本多政長に刑部が感心した。

「しかし、将軍と陪臣の目通りに伊賀の目がないとはの」

刑部が天井裏を見渡した。

「埃《ほこり》の積もり具合から見ても、数ヵ月は人が立ち入っておらぬ」

小さく刑部が息を漏らした。

「軒猿ならば、鍛え直しじゃな」

刑部があきれた。

「……さてさて、どうなさるか」

ふたたび刑部が下へと目をやった。

本多政長が将軍の指図を受け、背筋を伸ばした。

「上様、あの直江状が仕組まれたものだとしたら、いかがなさいまする」

「仕組まれたもの……どういう意味だ」

問われた綱吉が首をかしげた。

「あれは直江兼続さまと吾が祖父の間で仕組んだものでございました」

「なにを言うか」

綱吉が唖然《あぜん》とした。

「直江状が原因で上杉は攻められ、所領を百二十万石から三十万石へと減らされたのだぞ」

ありえないと綱吉が反論した。

「上杉はかかわっておりませぬ。祖父と直江さまとの間でなされた密約」

「佐渡守と山城守のか」

片や徳川の謀臣、もう一人は上杉の知恵袋、まさに天下の軍師二人が手を組んだと言われた綱吉が戸惑った。

「はい。祖父も直江さまも気づいていたのでございまする。もう、天下は徳川のものだと」

本多政長が述べた。

「関ヶ原の前であろう。まだ豊臣《とよとみ》の天下であったはずだ」

「いいえ。すでに豊臣の世は寿命を迎えておりました。お考えくださいませ。本能寺《ほんのうじ》で織田信長さまが敢《あ》えなき最期を遂《と》げられて、わずか十年ほどで豊臣秀吉さまは天下を統一された。織田信長さまが何十年かけてもできなかったことをでございまする」

綱吉の言葉を本多政長が否定した。

「それは織田信長が、天下を手にする一歩手前で非業の死を遂げ、その業績を豊臣秀吉が乗っ取ったからであろう」

「そこからして違いまする。織田信長さまは一代の英傑ではあられましたが、本能寺のころ、手にしていた国はわずかに二十ほど。天下六十四州の半分には届いておりませぬ」

本多政長が首を左右に振った。

本能寺の変で織田信長が明智光秀《あけちみつひで》に討たれた天正《てんしょう》十年（一五八二）、織田が支配していた国は、尾張、美濃《みの》を初めとして、近江《おうみ》、伊賀、伊勢《いせ》、志摩《しま》、甲斐《かい》、越前《えちぜん》、加賀、淡路《あわじ》、山城《やましろ》、播磨《はりま》、備前《びぜん》、美作《みまさか》、因幡《いなば》、飛驒《ひだ》、丹波《たんば》、摂津《せっつ》、河内《かわち》、大和《やまと》、若狭《わかさ》くらいであった。越中《えっちゅう》、伯耆《ほうき》、上野《こうずけ》、能登《のと》、備中《びっちゅう》などには手を出していたが、まだ支配するには至っていない。

「しかも織田信長さまが討たれたことで、甲斐を失いました。他にも動揺したところは多かったはずでございまする」

「むう、たしかに」

「それをわずかな期間でまとめあげたのが豊臣秀吉さまでした。たしかに織田の影響力が残っていたことはいなめませぬが、それでも尋常ではございませぬ。これはなぜだと思われまするか」

「……織田の力ではないな。軽輩の豊臣秀吉に、柴田勝家《しばたかついえ》、滝川一益《たきがわかずます》、佐々成政《さっさなりまさ》など織田の武将が敵対している」

尋ねられた綱吉が悩んだ。

「答えは何だ」

綱吉が解答を望んだ。

「人柄でございまする。豊臣秀吉さまは人たらしの天才でございました。弁舌だけでなく、金の遣《つか》い方、人の使い方も余人ではまねができぬものでございました。なかなか膝《ひざ》を屈しなかった神君家康公を大坂へ招くために、嫁していた妹を離縁させて、家康公の後添えに押しつける。そこに妹の顔を見たいと願ったからと実母まで人質に差し出す。天下を狙おうという者が、これほどなりふり構わぬまねをする」

「躬にはできぬな。それではまるで従属するように取られよう」

「それを豊臣秀吉さまはなさった。そこまでされては、家康さまが折れるしかございませぬ。まだ嫌じゃと言えば、家康さまが狭量だと見られまする。結果、家康さまは豊臣秀吉さまの臣下に甘んじられた」

「そうじゃな」

歴史の事実である。いかに神君家康公は偉いと言ったところで過去は変えられない。綱吉が首肯した。

「豊臣秀吉さまの人たらし振りがおわかりになりましたでしょうや」

「わかった。それと関ヶ原の前に豊臣の天下が死んだ話とはどう繫《つな》がる」

新たな疑問を綱吉が口にした。

「秀吉さまは家康さまを口説き落とすのに、妹、母まで使わねばならないほど人が不足していた。それは一代で成り上がられたため、豊臣のために命を賭《と》して働いてくれる譜代の家臣がいなかった。つまり、大名たちを含めて、石田三成《いしだみつなり》ら豊臣家の臣も秀吉さまに仕えていた。その秀吉さまが死んでしまった」

「豊臣の天下を作りあげたものがなくなったのか」

「ご明察でございまする」

答えに気づいた綱吉を、本多政長が褒《ほ》めた。

「幼い豊臣秀頼さまの周囲にいた者はすべて、新参者でございました。さらに頼れる一門もありませぬ。これで天下が保てるとは……」

「思えぬな。躬でも秀頼を傀儡《かいらい》にして己《おの》が手で政《まつりごと》をほしいままにしようと考えるだろう。いや、吾《わ》が手で天下を摑もうとする」

問いかけるような本多政長に綱吉が答えた。

「直江兼続さまはそのことにお気づきであった。なにせ、家康さまを抑えられる唯一の前田家が、膝を屈してしまった。天下は徳川家康さまの手に落ちると」

「待て」

話を進めようとした本多政長を綱吉が制した。

「直江状は関ヶ原の前。山城守はそこまで読んだか」

「さようでございまする。関ヶ原が慶長《けいちょう》五年（一六〇〇）九月十五日、家康さまは六月に上方を出発されて、江戸へ下向なされておりますので、直江状は五月の終わりごろではないかと」

確認を求められた本多政長が告げた。

「では、まだ全国には天下を狙う大名たちがいたであろう。会津《あいづ》の上杉はもとより、仙台の伊達《だて》、常陸《ひたち》の佐竹《さたけ》、羽州《うしゅう》の最上《もがみ》、尾張の福島、長州《ちょうしゅう》の毛利《もうり》、土佐《とさ》の長宗我部《ちょうそかべ》、薩摩の島津、福岡の黒田《くろだ》などは健在であったはずだ」

綱吉が異を唱えた。

「直江状は上杉のことだけを考えておりまする。天下を希求してはおりませぬ」

「なぜだ。大名ならば天下を夢見るのが当然であろう」

首を左右に振って否定した本多政長に綱吉が不思議そうな顔をした。

「夢を見るのと、実際行動に出るのは違いまする」

「…………」

「夢は見続けなければ叶《かな》いませぬ。しかし、夢見ていればいいというわけではございませぬ。天下の主はただ一人。そこに届くかどうかは、夢を見るのとは別でございまする」

黙った綱吉に本多政長が語った。

「軍神と讃えられた上杉謙信《けんしん》公でさえ、届かなかったのでございまする」

「先代がだめだったからといって、次代は叶うかも知れまい」

綱吉が頭を横に振った。

「上杉には家訓がございまする。上杉謙信公が果たされなかったことに挑んではならぬという家訓が」

「なんじゃそれは……」

意味がわからないと綱吉が首をかしげた。

「神に喩《たと》えられる謙信公でさえ、天下には届かなかった。ようは、毛利家が元就《もとなり》公の遺言である天下を望むなという家訓に縛《しば》られているのと同じでございますな」

「上杉にもそんな家訓が」

「家訓と申すにはいささか語弊《ごへい》がございましょうが、もし上杉景勝《かげかつ》公が天下を狙うので兵を興《おこ》すと命じられたところで、誰も従わぬと直江兼続さまは理解していた」

「それが先ほどの謙信でさえ届かなかったことが為し遂げられるはずはないというものか」

「はい。思いこみでございまする。それだけ謙信公は崇敬《すうけい》されていた」

「兵が付いて来ねば、戦《いくさ》などできぬ」

「それを直江兼続さまは知っていた。いや、経験していた。上様は御館《おたて》の乱というのをご存じでございましょうや」

「聞いたことはある」

本多政長に問われた綱吉が名前くらいは知っているとうなずいた。

「上杉謙信公が跡目を指名されずに亡くなったため、上杉家が二分して争った。一人が謙信公の姉の息子であった上杉景勝公、もう一人が北条氏康《うじやす》の息子で謙信公の姉の娘婿であった上杉景虎《かげとら》公」

「義理の兄弟の争いか」

「さようでございまする。豊臣秀吉公は台頭なされていましたが、まだ天下人には遠かったころ。争いは上杉景勝公が勝利、景虎公は自刃《じじん》なさいました」

「一つに戻ったとはいえ、内紛で上杉の力が弱まったのだな」

「ご明察でございまする」

言った綱吉に本多政長が頭《こうべ》を垂れた。

「関ヶ原は、それから二十年ほど後ではございますが、とても上杉は最盛期の力を発揮できませんでしたでしょう。そして前田家が徳川家に膝を屈した」

「勝てぬと」

「おそらくですが」

確かめた綱吉に本多政長が首肯した。

「それだけではございませぬ。上杉には味方がおりませぬ」

「律儀で知られた景勝ぞ。手助けをしてくれる者くらいいよう。石田三成がおるではないか」

綱吉が疑問を呈した。

「遠すぎまする。石田三成が上杉を助けようとすれば、上方から会津まで兵を出さねばなりませぬ。その途上には三成嫌いで知られた福島正則の尾張、徳川家に従っている前田家がございまする。たとえ、その両方を突破したところで、今度は徳川の江戸をこえなければ会津には合流できませぬ」

「無理だな」

本多政長の説明に、あっさりと綱吉が認めた。

「そして上杉の周囲は、仇敵の最上、そして伊達。そこに徳川家が加わったのでございまする。勝ち目などございませぬ」

「たしかにない」

綱吉が納得した。

「さて、上様、上杉が尚武《しょうぶ》の家柄だということは」

「知っておる。ああ、なるほどな」

そこで綱吉が膝を手で叩いた。

「前田のように戦わずして、膝を屈しられないのだな」

「はい。これも軍神上杉謙信公のお名前があるからでございまする。律儀で知られた上杉景勝公が、さっさと徳川家へ臣下の礼を取ったら……」

「領内で謀叛がおこるな」

どうなるとお考えですかと本多政長に訊かれた綱吉が述べた。

「ようやく国を割った戦いの傷が癒《い》えたところに、家中が割れる。どころかほとんどの家臣が景勝公を見限りましょう。軍神の跡継ぎにはふさわしくないと。これに律儀な景勝公が耐えらえるわけもありませぬ。滅びるとわかっていても戦わねばならぬ」

「まるで軍神の祟《たた》りじゃな」

綱吉が嘆息した。

「それほど謙信公は偉大であられたのでしょう」

本多政長も同意した。

「上杉が天下を狙わなかったのはわかる。ではなぜ、直江状などというものを書いたのだ。あれでは、家康公のお気持ちをより逆なでするだけであろうが」

綱吉が意味がわからぬと首をかしげた。

「謀《はかりごと》は密なりをもって尊しとする。敵を欺《だま》すには味方からというやつでございまする」

飄々《ひょうひょう》と本多政長が続けた。

「どちらもわたくしからすれば、祖父にあたるのですが、ろくでもない二人でございまする。方や家康公を天下人にするならば泥に塗《まみ》れるなど平気、もう片方は上杉家を生かすためなら、多少領土が減ってもどうにかするという遣《や》り手《て》。その二人が組んだわけでございまする」

「まさか……」

綱吉が啞然とした。

「直江状を出すに至った経緯に……」

「はい。家康さまも景勝公もかかわっておりませぬ。ただ、本多佐渡守正信と直江山城守兼続の二人で仕組んだこと。ゆえに、両方の家とかかわりのある当家に写しが保管されているので」

本多政長が首を縦に振った。

「仕組んだにしては、上杉の被害が大きいのは……」

「裏の事情を家康さまはご存じなかったからでございまする。さすがに本領安堵は考えていなかったでしょうが、半知《はんち》くらいですむと思っていたのが四分の一。文句を言おうにも、相手は天下人。直江兼続さまはさぞかし悔《く》やまれたことでしょう」

小さく嘆きながら、本多政長が話した。

「関ヶ原で徳川に敵対した家はほとんどが潰《つぶ》されている。石田はもちろん、長宗我部、宇喜多、小西《こにし》と。総大将だった毛利は生き延びておるが、あれも一度領土を没収されている」

関ヶ原の合戦の後、家康に降伏した毛利輝元《てるもと》は本領安堵を条件に大坂城から退去したが、その後、ささいなことを咎められて改易処分となりかけた。それを関ヶ原で毛利家が徳川家と戦わないように画策した一門の吉川広家《きつかわひろいえ》が、己の手柄と引き換えに本家の存続をと願ってくれたことで生き残れていた。

「それを思えば三十万石でもましであるな」

「まさにさようでございましょう」

本多政長もその通りだと認めた。

「関ヶ原の結果が、あまりに見事すぎたというのもございましょうな」

「ふむ。関ヶ原は勝つには勝ったが、さほど楽ではなかったと伝えられておるぞ」

本多政長の言葉に、綱吉が違うのではないかと応じた。

「秀忠公率いる中山道《なかせんどう》行軍隊が、信州上田《しんしゅううえだ》の真田《さなだ》ごときにかかずらって、決戦に間に合わなかったため、家康さまは少ない軍勢で優勢な三成ども賊徒を支えるのに苦労されたとか。さらに寝返りを約束していた小早川中納言《ちゅうなごん》秀秋が、なかなか去就を明らかにせなんだゆえ、怒った家康さまが小早川の陣地へ鉄炮《てっぽう》を撃ちこんで催促なされたとも聞くぞ」

綱吉が話した。

「……なるほど」

「なにを納得しておる」

一人合点を打った本多政長に綱吉が苛立《いらだ》った。

「それは事実ではございませぬ」

本多政長が否定した。

「なにを申すか。御上《おかみ》の記録であるぞ」

「勝者が歴史を作ると申しますぞ」

「つごうよく変えられていると」

「さようでございまする。事実をわたくしは実際に従軍した父から聞いておりまする」

「そうか、そなたの父は宇喜多にいたのだな」

「はい」

本多政長がうなずいた。

「事実とやらを聞かせよ」

「父によりまするに、九月十四日に双方陣組を終え、明日こそ決戦と待っておりました。そして明けて十五日、まだ日が完全に昇る前、小早川中納言秀秋がいきなり大谷《おおたに》刑部《ぎょうぶ》隊へ襲いかかったそうでございまする」

「いきなりだと」

「…………」

無言で本多政長が綱吉に肯定《こうてい》を伝えた。

「背後から急襲された大谷刑部隊はあっさりと壊滅、その余波はたちまち宇喜多家を初めとする石田三成側の軍勢に波及、そこへ家康さまのお下知に従った福島正則、黒田長政らが突っ込みましてござる」

「むうう。それではひとたまりもあるまい」

「一刻（約二時間）ほどで石田方は敗走したとか」

　本多政長が告げた。

「それだけ見事な勝ち戦となれば、もう誰も家康さまに意見もできませぬ。また、直江兼続さまと連絡を取っていた祖父は秀忠さまとともに中山道を進む途上にあり、手出しのしようもなく……」

「ふむう。小早川の裏切りを始め、関ヶ原のすべては家康さまの手の内に見えるの。これでは戦後のことも家康さまの思いどおりになるな」

「ですが、そのままなにもなかったことにしてしまえば、山城守さまとの遣り取りを含む佐渡守の出番はなくなり、事前の密約も果たせませぬ。このままでは徳川の闇における信はなくなりまする。まだ大坂に豊臣はある。関ヶ原で戦が終わったわけではなく大坂攻めが始まった。ここで上杉を潰《つぶ》してしまえば、今後裏での動きはできなくなってしまう。それを危惧《きぐ》した祖父佐渡守は奔走《ほんそう》いたしました。その結果、上杉は生き残りました」

「なんとか直江状を無駄にせずにすんだな」

「仰せの通りでございまする。もし、あれを反故《ほご》にしていたら……まだ天下人として盤石ではない家康さまの足を掬《すく》おうとする者が大挙して参ったことでございましょう」

本多政長が感慨深げに言った。

証文を交わすことのない闇の約定《やくじょう》は、履行《りこう》が絶対条件であった。証拠となるものがないだけに反故にしやすいため、不履行には厳しい制裁が科された。

もちろん、徳川になにかを求められはしないが、家康は約束を守らないという話を、名分で世間を扼《やく》する朝廷、金で物を支配している商人、来世を説くことで民を操る仏僧など、表には出てこない闇の天下に流すだけでも大きな効果が望めた。

「本領を安堵する」

「何々国を褒美《ほうび》として与える」

戦国の闇である調略には餌《えさ》が要る。その餌が毒付きだとわかっていて、飲む者はいない。ようやく石田三成ら徳川家康排斥の急先鋒を片付けたとはいえ、天下には豊臣秀吉によって取り立てられた大名はまだまだ多い。いざ、豊臣を滅ぼすとなったとき、福島や加藤《かとう》、黒田がどう動くかは大きな影響を生む。それらを抑えるには、褒賞《ほうしょう》が必須になる。だが、豊臣は未《いま》だ天下の主として君臨している。力はなくとも名がある。天下人になろうとする者が、他の大名を利で釣って謀叛させたなどと言われては外聞が悪すぎる。

「家康さまもさぞ苦いお顔をされたであろうな」

綱吉が苦笑した。

「だがの、爺。なぜ、そのようにして事実を変えたのだ」

当然の疑問を綱吉が口にした。

「天下の行方《ゆくえ》を左右する戦いが、開戦直後に裏切り者が突っこんだことで終わった。それでは、戦上手で知られた家康さまの面目は……」

「立たぬわな」

最後を濁した本多政長を綱吉が認めた。

「……本多よ。直臣へ復帰せよとの躬の意を受ける気はないな」

「直臣はわたくしごときには重すぎまする」

綱吉の確認に本多政長が答えた。

「よく言うわ。執政衆よりそなたが何枚うえか。大久保加賀守をあしらったそうだの」

「とんでもないことでございまする。わたくしは誠心誠意お話をさせていただきましただけで」

「あきれてものも言えぬというのは、このことだな」

綱吉が本多政長を見ながら嘆息した。

「直江状は陪臣のもとにあるべきである」

「上様……」

宣した綱吉に柳沢保明が顔色を変えた。

「そのように重要なものは、御上で管理すべきでございまする」

柳沢保明が本多から取りあげるべきだと述べた。

「家康さまの失態に近いものを幕府で管理できるわけなかろうが。幕府にあるだけで、天下はその中身を真実だと思う。それが陪臣の家ならば、幕府が否定するだけで与太話《よたばなし》にできる」

「で、では、せめて廃棄をお命じに……」

「与太話に手出しをするのは、それが真実だと言っておるに等しいぞ」

さらに迫る柳沢保明に綱吉が首を横に振った。

「……差し出口を申しました」

柳沢保明が退いた。

「本多、ご苦労であった」

「ご無礼をつかまつりました。ご無礼ついでにもう一つ」

「なんだ」

興味を示した綱吉が問うた。

「刑部」

「はっ」

「なんだとっ」

「うっ……」

本多政長の呼びかけに答えた刑部に、綱吉と柳沢保明が絶句した。

「上様に申しあげまする。どうぞ、御身のあらせられるところ、陰供《かげとも》をお連れくださいますよう」

本多政長が平伏した。

「き、きさま、許さぬ」

吾に返った柳沢保明が憤怒《ふんぬ》した。

「天下人は狙われるものでございまする。家康さまは、医師の処方した薬さえお飲みにならず、自ら調薬なさっていたとか」

柳沢保明を無視して本多政長が綱吉への進言を続けた。

「おのれ、このままで捨て置かぬぞ」

「黙れ。小者」

まだ噛《か》みついてくる柳沢保明に本多政長が怒鳴りつけた。

「この座にお許しをいただいて同席しているのだ。おそらくおぬしは上様のご信頼が厚いのだろう。そのご信頼に応じるには、吾が矜持など塵芥《ちりあくた》だと思え。そして真の寵《ちょう》臣《しん》とは、上様のご意志に反しようとも、その御身を守るために動く者じゃ」

「わたくしが寵臣……」

本多政長に言われた柳沢保明が綱吉を見上げた。

「それくらいで許してやれ。それよりも、爺は将軍の躬を狙う者がおると申すか」

「爺、わたくしが申しあげずともおわかりのはず」

「…………」

本多政長の返しに綱吉が黙った。

「……なぜ、躬の怒りを買うかも知れぬとわかりながら、忍のことを明かした」

綱吉が天井を見上げた。

「もう二度と吾が殿を将軍継承という嵐に巻きこませたくはございませぬ。上様からお世継ぎさま、そしてさらにご子孫さまと受け継いでくだされればすむこと。苦労に見合うだけの見返りもない将軍などとんでもないことで」

「言いたい放題じゃの。躬は前田加賀守のために長生きせよと、そなたは言うか、おもしろい」

綱吉が呵々大笑《かかたいしょう》した。

「忍、顔を出せ。目通りを許す」

天井へ綱吉が声をかけた。

「もうおりませぬ。用がすめばすぐに消えるのが忍でございまする」

本多政長が代わって答えた。

「ふん。してやられたの。わかった。本多家の直臣復活はない。ただし、たまには登城して、躬の無聊《ぶりょう》を慰めよ」

「国元へ戻りたいのでございますが……」

綱吉の命に本多政長が困惑した。

「参勤を命じてもよいが……」

「わかりましてございまする。ときおり国元から江戸へ参じまする」

参勤交代は一年ごとに国元と江戸を行き来しなければならない。そうなっては、二年のうち一年は国元を留守にすることになる。

嫌がらせを口にした綱吉に、本多政長が折れた。

# 第五章　参府と在国

## 一

数馬は留守《るす》居控《いひかえ》で義父本多政長の用件が終わるのを待っていた。

「長いな」

「……いささか」

同じく加賀《かが》藩の留守居役である六郷が呟《つぶや》いたのを数馬も認めた。

「通常、陪臣《ばいしん》の目通りは上様からのご質問に短く答えるだけ。多少手間取っても半刻（約一時間）ほどのはず。だが、そろそろ一刻（約二時間）にもなるぞ」

六郷が難しい顔をした。

目通りが延びるのは、吉である。それだけ気に入ったという証《あかし》になる。そしてそれと逆で帰還が遅い場合があった。

「下城を禁ず」

なにかしら不手際を起こし、目付《めつけ》の咎《とが》めを受けた場合であった。

目付は陪臣を監察しないが、江戸城内だけは別であった。目付はその役目の一つとして、江戸城内の静謐《せいひつ》を守っている。江戸城内でのことはすべて目付が取り扱う権を持っており、陪臣がこれに引っかかったときは大事になった。

「登城せよ」

失態を犯した陪臣の主君が呼び出される。たとえ国元にいようが、病中であろうが、かかわりない。もちろん、代理は立てられるが、その者にすべての対応の責が来る。

「どうなっておるのでございましょう」

先ほどから数馬たちの側《そば》にいる御三家の留守居役たちも不安そうな顔をした。

「お城坊主どのに動いていただくか」

六郷が解決案を口にした。

「金がかかりますが……」

数馬が懸念した。

「しかしだな……」

「お城坊主どのを使って、事情を早く知ったところでどうしようもございませぬ」

まだこだわる六郷に数馬が首を左右に振った。

「むっ」

目付預かりになれば、金や権力は通用しない。目付は清廉潔白を旨《むね》とし、秋霜烈日《しゅうそうれつじつ》を行動の規範としている。金で揺らぐことも、老中や御三家を使っての脅《おど》しにも屈しない。なにせ、一度でも利をはかれば、目付の言は絶対だという城が崩れてしまう。

「いくら払えばよい」

「ご老中さまと親しいのだがな、吾は」

目付が監察に出たところで、こう言い返されればそれまでになってしまう。目付の権威の破壊に近いだけに、金に手を出したり、権に屈したりした者は、同僚から徹底して攻撃される。それこそ、己《おのれ》だけでなく、親兄弟、一門はもちろん、知人、友人までつるし上げられるのだ。

目付がかかわった段階で、お手上げであった。

「それに静かなものでございまする」

わざと数馬が耳を澄ませた。

「……たしかに」

六郷も首肯《しゅこう》した。

もし、表御殿《おもてごてん》でなにかあったとしたら、あっという間に江戸城へことは拡がる。言いかたは悪いが、たとえ大名、旗本でも他人の不幸はおもしろいのだ。

「もう少し待ちましょう」

数馬の言葉に、誰も反対はしなかった。


黒書院《くろしょいん》を出た本多政長は、お城坊主の先導で納戸口《なんどぐち》へと向かっていた。

「毎度、毎度、直江状の理由を考えるのは面倒だな。たかが手紙の下書きに意味などないわ」

「なにか」

本多政長の独り言にお城坊主が反応した。

「いや、あまりに見事な御殿ゆえ、おもわず感嘆の思いが漏《も》れてしまっただけじゃ」

「さようでございましたか。たしかに、この江戸城は天下一でございまする」

ごまかした本多政長にお城坊主が自慢げに応じた。

「いかがいたしましょう、留守居役さまにお報せをいたしましょうか」

ぞろぞろと宗起に付いて来ているお城坊主の一人が問うた。

「そうでございますなあ。思ったよりもお目通りを長く賜《たまわ》ったので、心配いたしておりましょう。お願いできますかの」

本多政長が頭を下げた。

「お任せを」

勇んでお城坊主が駆けていった。

江戸城表御殿には、走ってはいけないという法度があった。これが禁じられたのは老中や大目付があたふたしていては示しが付かないというのと、なにか異常があったことを知らせてしまうからであった。

だからといって火事だというのに、のんびりしていては大事になる。そこでお城坊主だけは日ごろから小走りに城中を移動することが認められていた。

普段から走っていれば、なにかあったとしても、見た者に異常を感知されなくてすむ。

「では、参りましょう」

足を止めていた宗起が、本多政長を促した。

数馬は近づいてくる小刻みな足音に気づいた。

「どうやら、終わったようでございまする」

「なぜわかる」

述べた数馬に六郷が怪訝《けげん》な顔をした。

「足音が聞こえました。そろそろでござる」

そう言って数馬が襖《ふすま》を見た。

「御免《ごめん》を蒙《こうむ》りまする。加賀藩のお方はどちらに」

「ここでござる」

六郷が手をあげた。

「まもなく、お戻りでございまする」

「さようでございますか。いや、かたじけない」

お城坊主の言葉に六郷が安堵《あんど》した。

「なにかお伝えすることは」

留守居役とはいえ、召された同藩の者と江戸城で話をすることはできなかった。また、留守居役でない者が、控に入るわけにもいかない。お城坊主が気をきかせた。

「ありがたき仰せなれど、大事ございませぬ」

どうせ、長屋に戻ればいるのだ。数馬がていねいに断った。

「…………」

用事をしなければ、金をもらうわけにはいかない。お城坊主が露骨に肩を落とした。

「……はい」

「お気遣《きづか》いありがたく」

すっと数馬が近づいて、お城坊主に一分金を渡した。

思っていたより少なかったのだろう。あまりうれしそうな反応をせず、お城坊主が下がっていった。

「いくら渡した」

「一分でございまする」

六郷に聞かれた数馬が答えた。

「それで不服だというのか。ただ、本多さまが帰られるというのを告げただけだぞ。子供の使いではないか。子供なら二文か三文で喜ぶというに」

大いに六郷が嘆いた。

「まあよい。金は遣っていくらじゃ」

六郷が意識を切り替えた。

「では、瀬能、そなたも戻れ」

当番でない留守居が長く居座るのはよくない。六郷が数馬にも控から出ていくようにと指示した。

「はっ。お先でございまする」

首肯した数馬は、御三家の留守居役たちにも挨拶《あいさつ》をして、留守居控を出ていった。

一度仕度部屋であった下部屋へ入り、身形《みなり》を変えた本多政長より、数馬のほうが下城は早かった。

「待たせたか」

「さほどではございませぬ」

大手門を出たところで待っていた数馬がそれほどではないと否定した。

「お疲れでございましょう」

「しゃべり疲れたわ」

ねぎらった数馬に本多政長が苦笑をした。

「さっさと帰って、横になりたいわ」

「では、戻りましょう」

数馬が先に立った。

すでに老中の下城時刻は過ぎ、多くの大名や役人も帰邸している。いつもならば主の出迎えに来た家臣たちでひしめき合っている大手前広場の人影も少ない。

数馬たち一行は、足早に本郷《ほんごう》への道を進んだ。

「……どうした、次第を聞きたいのではないのか」

無言で歩く数馬に本多政長が言った。

「このようなところでする話ではございませぬ」

「いや、このようなところで歩きながらだからこそ、余人の耳を気にせずともすむ」

長屋へ戻ってからでいいだろうと述べた数馬に本多政長が心得違いだと告げた。

「上屋敷に耳があると」

「あるだろう。だてに筆頭江戸家老であったわけではないぞ。大膳はそこまで気が回るほど世慣れておるまいが、家臣のなかには気のきく者がおるだろう」

表情を引き締めた数馬に本多政長があっさりと答えた。

「上屋敷が見える前にすませておきたいのだ」

「……なぜでございまする」

場所まで区切った本多政長に数馬が首をかしげた。

「御茶の水をこえれば、一気に他人目《ひとめ》はなくなろう」

「襲い来る者がいると」

本多政長の話に数馬が緊張した。

「大膳の家中にも内記に飼われている者がおるとはわかっている。そして、内記は表門を破られてもおる。今のところ、辛抱しているようだが、誰かが背中を押せば、馬鹿をしでかそう」

「今更《いまさら》、義父《ち ち》上を害したところで、なんの助けにもなりますまいに」

本多政長を討ったとしても表沙汰《おもてざた》にはできないし、なにより横山内記長次の屋敷を襲ったのが本多政長だという証明はできないのだ。討ち入った曲者《くせもの》を討ち果たしましたと言ったところで、なんの意味もない。

「餌《えさ》を与えられる者がおろう。たとえば内記の罪をもみ消すとか、なにかあっても半《はん》知《ち》は守ってやるとか保証できる立場にある者がの」

「大久保加賀守さまが、内記さまをそそのかすと」

「それぐらいしか、内記には救いの道がない」

数馬の推測を本多政長が認めた。

「屋敷へ人をやり、迎えを」

己だけではない。加賀藩前田家を支えている本多政長がいる。少数で立ち向かっていい話ではなかった。

「それはまずい。屋敷から人を呼べば、江戸の城下で襲われると思っていると考えられてもしかたがない。ご城下での不始末は、上様のお顔に泥を塗ることになる。あらかじめ対処をとっていたというのは、突かれる原因になる」

援軍はよくないと本多政長が拒んだ。

「ですが……」

己だけではない。剣術の遣《つか》い手《て》と称しても当然と思える家士の石動《いするぎ》庫之介、軒猿頭《のきざるがしら》の刑部《おさかべ》もいる。多少の敵ならば、十分相手にできる。

しかし、ここは江戸であり、横山長次にとって地元なのだ。地の利はもちろん、刺客に適した無頼《ぶらい》や浪人などの手配もしやすい。

数馬の危惧《きぐ》は当然のものであった。

「安心いたせ。今回は儂《わし》も出し惜しみはせぬ」

本多政長が胸を叩《たた》いた。

「江戸の軒猿をすべて連れておる」

「どこにっ」

言われた数馬が驚愕《きょうがく》した。

「うろたえるな。軒猿がちょっと探したていどで見つかるわけなかろうが」

「……はい」

叱《しか》られた数馬がうなだれた。

「わかったであろう。儂が泰然としている理由を」

「十二分に」

堂々としている本多政長に数馬が首を縦に振った。


大久保加賀守のもとで横山長次は縮みあがっていた。

「もう少し役に立つかと思ったが……評定所《ひょうじょうしょ》で言い負かされているところなんぞ、先祖が見たら泣くであろうよ」

大久保加賀守が嘲笑《ちょうしょう》した。

「一応、目付どもには噂《うわさ》で動くようなまねをするなと釘を刺してはおいたが、いつまでも押さえ切れはせぬぞ」

目付は若年寄支配になり、老中は筋違いになるが、そこは幕府の最高権力者でもある。直接目付にではなく、若年寄へ指図することであるていどの影響力は与えられる。

老中を目指す若年寄にとって、現職老中に睨《にら》まれては出世の妨げになる。将軍に単独で目通りのできる目付を完全に支配はできないが、若年寄の指示が適切であれば、多少の牽制《けんせい》くらいにはなる。

「近隣の屋敷に問い合わせが参っておると聞きましてございまする」

横山長次が切羽詰《せっぱつ》まった顔をしていた。

「表門が開いたのは確かなのだな」

「……門番が認めましてございまする。背後に気配を感じたかと思えば、意識を失って、目覚めてみれば表門が引き開けられ、近隣の者どもがなかを窺っていたと」

大久保加賀守の質問に横山長次が告げた。

「それでは目付の呼び出しは避けられぬな」

「そんな……」

聞いた大久保加賀守が冷たく言い、横山長次が蒼白になった。

「他の者に知られていなかったのならば、どうとでもしてくれたが……他人の口に戸は立てられぬ。目付どもも証言する者があれば黙ってはおるまい」

「そこをなんとか、加賀守さまのお力で」

「目付の訴追《そつい》を邪魔はできぬ。やれば余《よ》まで影響が出る」

すがる横山長次を大久保加賀守が拒絶した。

「それでは今までのことは、すべて無駄だったと」

「いや、そうは申しておらぬ」

目の据《す》わった横山長次に大久保加賀守が慌《あわ》てた。

捨《す》て鉢《ばち》になった者ほど怖い。失うものがなくなってしまえば、感情だけで動く。どうせ滅びるならば、道連れだと横山長次が大久保加賀守の命令だったと目付にばらすかも知れない。そうなれば、老中といえども無事ではすまなかった。

「話を聞け」

落ち着くようにと大久保加賀守の語調が低いものになった。

「目付は監察じゃ。どういった問題があったかを調べ、訴追までしかできぬ。旗本の家を取《と》り潰《つぶ》すかどうかは、上様のご裁可で決まる。そして上様にこのような咎めがふさわしいと上申するのは、我ら執政じゃ」

「では、なにごともなかったと」

大久保加賀守の説得に横山長次が身を乗り出した。

「これだけ失態を重ねておきながら、なにもなしですむと」

「…………」

家が残るかも知れないと思った瞬間に、横山長次の破滅の勢いはなくなっている。冷たい口調に戻った大久保加賀守に横山長次が黙った。

「わかっておるのか。一族でもないそなたをかばうとなれば、余にも疑いの眼差《まなざ》しは向く。それをわかりながら、罪を軽くするのだぞ。相応のものがなければ、引き合わぬ」

「……わかっておりまする」

横山長次がうなだれた。

「次の手は打ってあるのだろうの」

「はい。一昨日に本多めが出府していると知ってより、ただちに人を集めましてございまする」

「どれほどだ」

「吾《わ》が家臣五名、横山大膳家より五名、後は無頼の者を八名ほど用意できましてございまする」

尋ねられた横山長次が告げた。

「十八名か。いささか不安ではあるが……やむを得ぬか」

少し考えて大久保加賀守がうなずいた。

「場所は、湯島《ゆしま》の林家拝領地前だと念を押したな」

「抜かりはございませぬ」

大久保加賀守の確認に横山長次がうなずいた。

「林家は上様が学問の師としてお気にかけられている家じゃ。その前で乱暴狼藉《らんぼうろうぜき》をすれば目付が出る。いかに陪臣を上様は直接裁かれぬとはいえ、越後高田《えちごたかだ》の家老の例もある」

越後高田藩のお家騒動にかんしては、将軍綱吉が臨席のうえでおこなわれ、家老の小栗美作《おぐりみまさか》らに切腹が言い渡された。もっともこれは将軍一族の家督《かとく》にかかわる問題であったためと表向きには言われているが、綱吉の仇敵であった酒井雅楽頭《うたのかみ》忠清がかつて裁定したことをひっくり返した結果が出たため、恨《うら》みあるいは事績《まつしょう》を抹消し貶《おとし》める目的でおこなわれたと世間では受け取っていた。

「承知いたしております。林家の前で挟《はさ》み撃《う》ちできるよう、前後に人を配しておりますれば、決して逃れさせませぬ」

自信があるとばかりに横山長次が胸を張った。

「ならば、結果を出せ。そなたが余を満足させたなら、余はそなたのために泥を被《かぶ》ろう」

「ありがたきお言葉」

成功したら助けてやるといった大久保加賀守に、横山長次が平伏した。

# 二

学問好きの綱吉は、林家をとくに重用し、孔子《こうし》を祀《まつ》った林家の先聖殿を手厚く保護していた。

「どうやらのようでございまする」

刑部がため息を吐《つ》いた。

一行が進んでいる坂道を登り切ったあたりに十人ほどの人数が待ち構えていた。

「後ろも」

石動庫之介が声を出した。

「挟み撃ちとは、定道ながらいやらしい手を使ってくれる」

本多政長が嫌そうに顔をゆがめた。

「ですが、ちぐはぐな感じがいたしまする」

歩きながらも前方の敵を見ていた数馬が述べた。

「どうやら浪人者も混じっておるようで」

刑部が数馬の読みを補完した。

「人手不足とはの。先日の襲撃のこともある。たかが五千石では、家臣の数も知れておる」

本多政長が嘲笑した。

「いかがいたしましょう」

対応を数馬が問うた。

「降りかかる火の粉は払わねばならぬ」

戦うと本多政長が宣した。

「ならば、石動、後ろを任せた」

「承知」

それを受けた数馬が家士に命じ、石動庫之介が走り出した。

「向井田《むかいだ》、原辺《はらべ》、遅れるな」

「はっ」

刑部の指示に二人の本多家臣が応じた。

「来たな」

坂道では上にいるほうが有利とは限らない。それは敵が己よりも低い位置にあるため、通常の姿勢では対応しにくく、膝《ひざ》を折るか、上から押し被せるようにするか、どちらにせよ、無理な体勢を取らなければならなくなる。それに対して下から攻めあがるぶんには真っ直ぐ突き出すだけで、相手の膝から上のどこかを狙える。

とはいえ、上に立っている者が優位だという事実に変わりはない。どのような状況であろうとも、上からの攻撃には体重が乗る。さらに駆け下りるときの速度も速くなり、一撃が重いものとなってくれる。

「出まする」

待っているのは悪手であった。坂道を下る勢いを乗せた一撃は、なまなかな腕では受け止められない。たとえ止めたとしても、全身の力をそこに持っていかなければならないため、足下がお留守になりやすい。

「ほれっ」

足払いでもかけられたら終わる。

数馬は太刀を抜き放って走った。

「大三木《おおみき》、殿をお守りいたせ」

「承知」

残る家臣に命《めい》を発して、刑部が続いた。

「一人を斬った者には五両、二人以上で仕官をさせてくれる」

駆け下っていた横山長次の家臣が浪人たちを餌で釣った。

「仕官できるぞ」

「二人か、向こうは全部で七人しかおらぬ。仕官できるのは三人だけか」

興奮する浪人者もいれば、冷静に物事を捉える浪人者もいた。

「しゃっ」

刑部が腕を振った。

「がっ」

「ぎゃっ」

たちまち先頭を切っていた二人の浪人が顔や喉《のど》に手裏剣《しゆりけん》を喰《く》らって戦線から離脱した。

「間合いが近すぎまする」

これ以上手裏剣を撃つ暇はないと腰の木刀に見せかけた仕込み杖に手をかけなが

ら、刑部が詫《わ》びた。

「上等でござる」

数馬が二人減らした刑部の手際を褒《ほ》めた。

「突出するな。敵は二人だ。包みこめ」

その場を指揮していた横山大膳玄位《はるたか》家の富田《とだ》が叫んだ。

「二人斬れば、仕官じゃ」

「家臣たちよ。手柄を取るな」

浪人たちは仕官に目がくらんでいた。

働かなくても病でも禄《ろく》がもらえ、明日の心配のない武士だった者が、その禄を失って浪人となるのは辛《つら》い。一日働かねば、明日喰えないのだ。

朝早くに起きて飯も喰わずに普請場へ出向き、その日の仕事をもらう。身許の保証がなく、技もない浪人にできることなどしれていた。大工の下働きとして荷運びをするか、左官の手伝いで土こねでもするかである。当然、そんなに数はいらないため、早い者勝ちで埋まっていく。少し寝坊をすれば、仕事にあぶれる。

なんとか仕事にありついたところで、下働きや土こねでもらえる給金など半人前でしかなく、一日汗を垂らして二百文ほどしかもらえない。二百文では煮売り屋で腹一杯飯を喰えば、四食ほどで尽きる。

それこそ病にでもなったら、死に直結するのが浪人であった。

朝起きて目が醒《さ》めたら、ああ、今日も生きられたと思う境遇の浪人から、ふたたび禄を得て明日も明後日も信じられる武士への仕官は、その狭き門というより針の穴ほどの機を手にできるまさに夢であった。

「言うことを聞かぬか」

一生に一度あるかという好機を目の前にした浪人が、手柄に逸《はや》るのは当たり前である。

富田の指図はまったくなんの効果もなかった。

「死んでくれ」

「仕官じゃあ」

浪人たちが口々に己を鼓舞しながら、数馬と刑部へ襲いかかった。

「甘い」

「ふん」

数馬があきれ、刑部が鼻で笑いながら刀を薙《な》いだ。

高低差をより利用するため、腰を屈《かが》め低くなった数馬と刑部は、ともに浪人の臑《すね》を真横に裂いた。

「ぎゃああ」

「つうう」

臑は弁慶《べんけい》の泣き所とも言われる人体の急所の一つである。肉が薄く、皮一枚下は直接骨になる。そこを斬られた痛みは、すさまじい。

二人の浪人が絶叫して転げ回った。

「馬鹿が……」

富田が苦い顔をした。

「浪人の後からかかれ」

聞く耳をもたない浪人たちを捨て駒にすると富田は同僚に告げた。

「頼む。吾が手柄になってくれ」

「抜け出すのだ」

浪人たちは必死で、周りの状況も見えていない。それでも刀を持っている。刀は誰が使おうが、当たれば切れる。

言うまでもないが、何の心得もない者と剣術の修行を積んできた者の差はある。剣術使いが一撃必殺でも、素人の攻撃は弱い。だが、それでも白刃は触れれば切れる。

そして当たりどころが悪ければ、命にかかわるのだ。

白刃を振り回している浪人を数馬たちは無視できない。どうしても浪人たちの攻撃に気をとられる。そこを家士たちに襲わせようと富田は考えた。

「おまえたちの礎《いしずえ》になってやるわけにはいかぬ」

「案山子《かかし》は幾つ集まっても人にはなれぬ」

数馬と刑部は、容赦《ようしゃ》なく浪人たちを斬り伏せた。

「……ぐえ」

先ほどとは違い、数馬と刑部は浪人を殺す気で、腹を突いている。腹を突かれたら即死しないが、三日ほど痛みと熱にもだえ苦しんで死ぬ。

「死にたくない」

「医者を……」

腹をやられた浪人たちが、味方へと手を伸ばす。

「ええい、邪魔だ」

「役立たずどもが。除け」

富田に率いられた横山玄位の家臣たちが、足下に転がって呻《うめ》く浪人たちを邪魔にした。

「痛い、痛い、痛い」

手で払うようなまねをしたところで、わめく浪人に聞こえるものではなく、藩士たちは思いきった踏みこみができなくなった。

そしてそれは数馬たちにも同じことが言えた。

呻いている浪人を間に挟んで、数馬たちと富田一行が対峙《たいじ》する形になっていた。

「殿の盾《たて》をお任せしても」

「承知」

攻撃の手が互いに止まったところで刑部が申し出、数馬がうなずいた。

「……ぬん」

小さな気合いを発して、刑部が浪人たちを跳びこえた。

「おまえが首領か」

駆けつけようとした配下の家臣たちを気にせず、刑部が富田を見つめた。

「なんだ、おまえは。そうか、きさまが皆を押さえこんだのか」

富田が刑部を睨んだ。

「忘れたか」

刑部が口の端を吊《つ》り上げた。

「……まさかっ」

じっと刑部の顔を見つめた富田が声をあげた。

「あのときの小者……」

「拙者もの、評定所の前でのお前の顔を忘れておらぬ。その間抜け面はよく覚えている」

思い出した富田の言葉に刑部が笑った。

「ふざけたまねを」

富田が怒った。

「このままでは、……くらえっ」

決死の形相《ぎようそう》で富田が刀を振った。

「届かぬなあ」

刑部が首を反《そ》らすだけでかわした。

「なめるなあ」

富田がもう一度刀を突き出した。

「それでも届かぬわ」

身体《からだ》をひねった刑部によって、富田の刀が空を斬った。

「おい、こっちを片付けろ」

富田が数馬へ向かっている配下に呼びかけた。

「おう」

「今」

横山玄位の家臣たちが、数馬を攻めあぐねている状況を脱するために応じた。

「……連携ができなさすぎだ」

数馬のほうを向いていた家臣たちが、全員富田の指図に従った。一人残った浪人以外、全員が数馬から目を離したことになる。

大きく数馬がため息を吐いた。

「えっ……」

刃を向けていた浪人が、一人だけになったことに気づいた。

「哀れだな。走狗《そうく》でさえないというのはな」

数馬が浪人に同情した。

「黙れっ。きさまを倒せば、拙者にも運が向いてくるのだ」

浪人が反論した。

「その割には、遠いぞ」

数馬が転がっている浪人たちに遠慮してか、間合いを空けたままの浪人を揶揄《やゆ》した。

「やかましい」

浪人が真っ赤に顔を染めて、地に転がっている仲間を踏みこえようとした。

「やれ、その必死さは買ってやるがの……」

数馬がため息を吐いた。

剣術というのは、何千回も何万回も型を繰り返して身体に刻みこむ。つまり同じ歩幅でこそ身につけた型を使える。

大股《おおまた》で仲間を跨《また》ごうとした浪人の体勢に無理が来たのは当然であり、隙《すき》が生まれる。そして命の遣《や》り取《と》りでもある真剣勝負の最中に隙を作ることは致命傷でもあり、それを見逃してやるほど数馬は優しくなかった。

「…………」

無言で数馬が太刀を振りあげた。

普段したこともない大股で坂道を動いた浪人に、数馬の一刀を避ける余裕はなかった。

「わああ」

股を下から上へと割かれ、浪人が絶叫した。

「なんだ」

「しまった」

刑部に向かっていた家臣たちがその声に反応した。

「しゃっ」

素早く刀を振って、刑部が背後の一人を斬った。

「ぬん」

敵を片付けた数馬が脇差《わきざし》を抜いて投げつけ、もう一人を背中から射貫いた。

「あああ」

「……かっ」

二人の家臣が絶息した。

「ひえっ」

「無理だ」

残った家臣たちが震えあがった。

「あっ、逃げるな」

富田が止めたが、家臣二人は走り去った。

「人望がないの」

「ここに出てきたのでございますよ。こやつは大膳さまより内記さまに忠誠を誓っている。そんな裏切り者に、人は付いて参りませぬ」

数馬と刑部が嘲笑した。

「やかましい。この泰平の世に出世をしようとするならば、これくらいせねばならぬのだ」

富田が反論した。

「出世……か。そんなによいものとは思えぬが」

ちらと数馬が本多政長に目をやった。

「墓守から留守居役に大抜擢《だいばってき》されたきさまにわかるか。生涯、いや、末代まで七十石の馬廻《うままわ》りを続けるという苦痛が」

加賀藩で幕臣からの転向組は瀬能だけである。加賀藩三代当主前田利常《としつね》に徳川秀忠の娘珠姫《たまひめ》が輿入《こしい》れしたときに、珠姫付きだった者の数名が旗本から加賀藩士へと転籍した。しかし、瀬能以外の家は珠姫の死をもって幕臣へと復帰していた。瀬能だけが残ったのは、今際《いまわ》の珠姫から死後も世話をして欲しいと求められたからであった。

もと旗本というだけでなく、墓守でいながら千石という高禄をもらっていた瀬能家は、加賀で知らない者がいないほど有名であった。

「おまえのいう出世とはなんだ」

そこへ本多政長が割りこんできた。

「殿」

「背後の敵は……」

刑部と数馬が慌てて振り向いた。

「ぬん」

最後の一人を石動庫之介が上段からの一撃で両断していた。

「………」

「軒猿二人と石動庫之介、そして陰供《かげとも》三名。たかが八人でどうにかなるわけなかろう」

驚く二人に本多政長が相手にもならなかったと告げた。

「馬鹿な、陰供など……」

「見つかるようなのを、陰供とは言わぬぞ」

啞然《あぜん》とした富田に本多政長があきれた。

「さて、話を戻そうか。そなたのいう出世とはなんだ。組頭《くみがしら》になることか、家老になることか。それとも禄を増やすことか。まあ、役目が重くなれば加増されるので、最後の禄の話は除外してよいか」

本多政長が問うた。

「それは……」

富田が戸惑った。

「組頭になれば、配下の者の面倒を見なければならぬぞ。配下の失敗の責任も取ることになる。家老になれば家中の政《まつりごと》をせねばならぬ。今年の米の穫《と》れ高《だか》はどうだとか、支出が多いとか、夜も眠れぬことになる」

「…………」

「出世には責任も伴うのだ。我らが殿も適当に引きあげているわけではない。この者ならば、よりうまくその役目を果たすだろうと考えて引きあげておる」

言い返せない富田を置いて、本多政長が数馬を見た。

「…………」

数馬が嫌そうな顔をした。

「ほれ、なにか言ってやれ。出世した先達《せんだつ》としての意見をな」

からかうような口調で本多政長が数馬を促した。

「……出世というのは、よいことばかりではないぞ。たしかに墓守から留守居役になったことで、暇はなくなった。毎日が忙しく、やりがいもある。だが、家禄は増えぬ。増えたのは苦労ばかりじゃ」

「なにを贅沢《ぜいたく》なことを」

数馬には富田も反発しやすいのだろう。

「なにより、なんど命を狙われたかわからぬ」

「……それはっ」

現実、今、己がそれをしているのだ。富田が詰まった。

「吾が命くらい藩に捧げる覚悟はできている。それを怖れてはいるが、逃げ出したいとは思っておらぬ」

武士としての覚悟を数馬は口にした。

「だが、己の失策で藩に傷を付けるのではないかという恐怖には耐えがたい。それは留守居役だからではない。勘定方《かんじょうかた》でも番方《ばんかた》でも同じだ。役目に就いている者の失策は、藩がその責を負うことになる」

そこまで言って数馬は、富田をじっと見つめた。

「百万石を背負えるか、そなたは」

「…………」

問われた富田がじっとりと汗を掻《か》いた。

「そなたの場合は横山大膳家二万七千石だ。今回のこと、筆頭宿老さまのお命を狙ったのだ。主家が無事だとは思っておるまいな」

「……まさか」

富田が恐る恐る本多政長へと顔を向けた。

「大膳の責任を問うことになる。もちろん、儂が大膳をどうこうはせぬが、殿がお許しになるはずはない」

本多政長と綱紀の仲が強固だということは衆知であった。

「よくて大膳が隠居、横山家は名跡を残すだけに減禄されるだろう」

「ごくっ」

淡々と告げる本多政長に富田が息を呑《の》んだ。

「さて、そうなったとき、大膳どのはそなたをどうするであろうな」

本多政長が富田に問いかけた。

「…………」

富田が崩れ落ちた。

「その前に、そこに死んでいる者たちへの責任はどうする」

本多政長が富田に転がっている死者たちを指し示した。

「ああ……」

顔を覆って富田が泣いた。

「出世を願うなとは言わぬ。そのために他人を蹴落とすなともな。だが、そういった汚いことは、己たちのなかでやれ。外に出てくるな。迷惑じゃ」

足の引っ張り合いは、同じ横山玄位の家中で終わらせろと本多政長が富田を叱りつけた。

## 三

呼び出された本多主殿《とのも》は、指定の場所に立っている連中を見て、頬《ほお》をゆがめた。

「予想通り過ぎて面白みがない」

たった一人、草履取《ぞうりと》りの小者に扮《ふん》した軒猿を連れた本多主殿が愚痴《ぐち》を漏らした。

「若殿……」

軒猿が本多主殿を窘《たしな》めた。

「わかっておる。吾《われ》は無能な三代目だからな」

本多主殿が苦笑した。

「さてと」

一瞬で本多主殿の雰囲気が凡庸《ぼんよう》なものに変わった。

「岳父どのに呼び出されたのだが、どちらにおられるかの」

本多主殿が、待っていた阪中《さかなか》玄太郎に問うた。

「対馬《つしま》さまはお見えになりませぬ」

「はて、ではなぜ」

前田孝貞は来ないと言った阪中玄太郎に本多主殿が首をかしげた。

「失礼とは存じましたが、対馬さまのお名前をお借りして、主殿さまに足を運んでいただいたのでございまする」

「岳父どのの名を騙《かた》ったと申すか」

告げた阪中玄太郎に本多主殿が怒りを見せた。

「お怒りはもっともでございまする。ですが、我らの話をお聞きいただきたい。このままでは加賀は潰《つぶ》れまする」

「なにを申すか。加賀は百万石ぞ。殿は二代将軍秀忠さまの曾孫じゃ。なんの不安があるものか」

落ち着いてくれという阪中玄太郎に本多主殿が言い返した。

「見えぬところに大きなひびが入っておるのでございまする」

「なんじゃと」

本多主殿が聞く姿勢を見せた。

「殿が五代将軍となられるというお話があったことはご存じでございますな」

「知っておるわ。もちろん、ならなんだともな」

阪中玄太郎の確認に本多主殿が首肯した。

「五代将軍には館林公であった綱吉さまが就かれました。もともと三代将軍家光さまの御子さまであり、もっとも正統な継承者であったはずの綱吉さまが、一度は排斥されようとしたのでございまする。それも外様の前田家に。なんとか将軍となられたとはいえ、綱吉さまがそれを許されるとは思えませぬ。かならずや、前田家に矛先《ほこさき》を向けてこられましょう」

阪中玄太郎が説明をした。

「上様が復讐で前田家を潰すと」

「さようでございまする」

確かめた本多主殿に阪中玄太郎が首を縦に振った。

「上様であるぞ。すべての武家を統《す》べられるお方が、そのような狭量なお方であるはずはない」

本多主殿が否定した。

「将軍さまとはいえ、人でございまする。すべてを許せるのは、仏だけ。神でさえ祟《たた》られるのでございまする。上様がなにもなさらぬというのは、いささか甘すぎるかと」

「むうう」

反論された本多主殿が唸《うな》った。

「ではどうすればいい。上様のお怒りを加賀藩から逸らすには」

「上様のお恨みは、殿お一人に向いておられまする」

問うた本多主殿に阪中玄太郎が言った。

「そなた、殿に藩主の座を降りていただくなど……不忠である」

本多主殿が愕然《がくぜん》とした。

「百万石、七千の家臣、数万の領民を守るためでございますぞ」

「…………」

阪中玄太郎に強く言われた本多主殿が黙った。

「どなたを新たな殿としてお迎えすると」

本多主殿が訊《き》いた。

「藩祖、前田利家公のお血筋であれば、どなたでも」

阪中玄太郎がそこで一度言葉を切った。

「主殿さまがお決めくだされば……」

「……吾が次の殿を決める」

本多主殿が息を呑んだ。

前田利家の血を引く者は多い。富山、大聖寺《だいしょうじ》の支藩の当主はもちろん、前田直作もそうだ。手近なところでなくてもいいならば、家康のもとで人質をしていた利家の五男利孝《としたか》を祖とする七日市《なのかいち》藩主、その分家で旗本二千五百石前田孝矩《たかのり》、三百石の前田孝《たか》教《たか》などがいる。

このすべてが本家加賀百万石を継げるとなれば、顔色を変えるだろう。それこそ、旗本の二人など、なにを差し出してもその座を狙うのはまちがいなかった。

このなかから誰を選ぶか。その権を持っているとなれば、それこそ本多主殿の望みはすべて叶《かな》う。

「十万石を願っても……」

「二十万石でもくださいましょう」

おずおずと口にした本多主殿に阪中玄太郎がうなずいてみせた。

「ごくっ」

音を立てて本多主殿が唾《つば》を呑んだ。

「……ああ、だめだ」

一拍のちに本多主殿が落ちこんだ。

「父がそんなまねを許すはずはない」

本多主殿が首を横に振った。

「それでござる」

阪中玄太郎がやさしげな声を出した。

「安房《あわ》さまが偉大なお方であることはまちがいございませぬが、いささか頑迷《がんめい》になられておられるのでは」

「たしかに父は頑固《がんこ》じゃな」

本多主殿が認めた。

「お歳を召されるとどうしても新しい動きを嫌われまする。現状維持がなによりになってしまわれる。しかし、加賀は現状維持では生き残れませぬ。変わらなければならぬのですぞ。それには安房さまは……」

「邪魔だと」

最後を濁した阪中玄太郎を本多主殿が継いだ。

「藩のためでござる」

「……藩のため」

「ご決断あれ。さすれば本多は加賀最大の功臣となりまする。もう、誰も堂々たる隠密などと言いませぬ」

徳川家康の謀臣本多佐渡守《さどのかみ》の血を引く加賀本多家は、前田家の粗《あら》を探す堂々たる隠密だと家中から忌避《きひ》されていた。

「言われなくてすむのか……」

「はい。そして家中全部から崇敬《すうけい》を受けることになりまする。本多安房さまを排する、実の父を捨ててでも前田家に尽くした忠義を誰もが賞賛いたしましょう」

「…………」

阪中玄太郎の話に本多主殿が考え込んだ。

「一度お考えをくださいませ。ご返事は明日、同じ刻限にここで」

「ああ」

本多主殿が首肯した。

富田を放置して本多政長は、さっさと林家前を離れた。

「よろしかったのでございますか」

数馬が逃がしていいのかと問うた。

「あやつを討つのはいい。だが、そうなればあそこに転がっている馬鹿どもの後始末もこちらでせねばなるまい。評定所へ呼び出されてすぐにまた面倒を起こしたとあれば、さすがに言いわけも厳しいぞ」

本多政長が嫌そうな顔をした。

「あやつも同僚を捨ててはいけまいしの」

己一人、身分も禄も捨てるつもりならば、あのまま消えればいい。しかし、それは浪人となることを意味する。いや、もっと悪い上意討ちの対象にされかねない。なにせ二人の同僚が逃げ出しているのだ。事情は、すぐに横山玄位の耳に入る。富田が横山長次の犬だったこともばれる。それでも横山玄位のもとへ戻るほうが、将来を考えれば楽であった。

「きさまっ……」

横山玄位が富田に怒ったところで、己が最初に横山長次の誘いに乗ったのだ。富田を手討ちにするとか放逐《ほうちく》にするとかはしにくい。やれば、横山長次と決別することになる。

幕臣となることを夢見ているならば、一門の旗本と絶縁するわけにはいかなかった。せいぜい、富田の禄を減らすくらいしか横山玄位にはできない。

「己の力が、能力があれば、すぐにでもよりよい仕官先が見つかるなど、元服するまでの妄想じゃ。世間は一人の器量で変わるほど甘くはない。また、世間を変えるほどの器量があるならば、生まれる時代をまちがえたとあきらめるべきだな。泰平は秩序のなかでこそ成りたつ。今の世に織田信長公、豊臣秀吉公は不要じゃ……もちろん、家康さまもな」

「義父上《ちち》っ」

小声とはいえ、家康の名前を出した本多政長に数馬が息を呑んだ。

「騒ぐな。誰も聞いてはおらぬ」

本多政長が数馬を宥《なだ》めた。

「のう、刑部」

「はい」

同意を求めた本多政長に刑部が首を縦に振った。

「幕府の忍《しのび》は死んでおる」

「死んでいるでございまするか」

「役目として、死んでいる」

首をかしげた数馬に本多政長が告げた。

「将軍の守りに忍がおらぬ。あれでは、どうしようもないの、刑部」

「今からでもやれまする」

訊かれた刑部が答えた。

「不遜《ふそん》なことを仰《おお》せられまするな」

数馬がふたたび本多政長を咎めた。

「将軍の居場所、その頭上に忍がいない。この意味を上様でさえわかっておられなかった。いや、上様はまだいい。世間の汚いところを知らずしても将軍は務まる。だが、上様をお支えする者がそれでは、どうしようもない」

本多政長があきれた。

「四代家綱さまの死も病死かどうか、定かではなくなったわ」

「それはっ……」

ため息まじりに言った本多政長に数馬が絶句した。

「誰が手を下したかはわからぬ。だが、将軍の地位を欲している者は多い。ああ、徳川家の一門だけではないぞ。己の思うとおりに扱える徳川一門を手にしている大名、旗本も勘定に入る。いや、こちらが本命かも知れぬ」

「……………」

語る本多政長に数馬は言葉を失った。

「将軍の守りから忍を外した者、そこいらを探せばおもしろいことになるだろうな。もっとも、そんな面倒なまねをする気はないがな」

本多政長が小さく口の端を吊り上げた。

「まさか、そのことを上様に」

「申しあげたとも。実際、刑部を天井裏に入れてな」

「なんということをなさいますか」

あっさりと認めた本多政長に数馬が天を仰いだ。

「将軍家の頭上に忍を入れるなど……」

「お怒りはなかったな。いや、どちらかというとお褒めいただいた。二度と儂を直臣に誘わぬとお誓いくださったぞ」

啞然とする数馬に本多政長が明るく述べた。

「それは褒美《ほうび》ではなく、遠ざけただけでは」

数馬が当然の疑問を口にした。

「たまには登城し、話を聞かせろというご諚《じよう》もいただいたぞ」

「お受けなさいましたのでございましょうや」

恐る恐る数馬が尋ねた。

「断れまい。断れば、最初の直臣帰参も反古《ほご》になる。今更直臣になる気はない。あれば、万治《まんじ》のおりに移籍したわ」

「万治のおりとは、なんでございましょう」

本多政長の口から出た知らない事情に数馬は興味を示した。

「長くなるからの。長屋に帰ってからじゃ。お城に上がってから水さえ口にしていないのだ。喉が渇いたわ」

さっさと戻るぞと本多政長が足に力を入れた。

# 四

たしかに路傍《ろぼう》でする話ではない。納得した数馬も足を速めたことで、上屋敷まではすぐに着いた。

「安房さま」

筆頭宿老《しゅくろう》と五万石に敬意を表し、表門は開かれる。これは加賀藩代々の当主の気遣いであった。

となれば本多政長の帰邸は知れ渡る。ただちに江戸家老次席村井次郎衛門が飛んできて、首尾を問うた。

「儂がここにおるということで察しろ。疲れておる。後にせい」

本多政長が手を振って、村井次郎衛門らを退けた。

「はあ……」

そう言われれば、退くしかない。村井次郎衛門たちが従った。

「ああ、一刻（約二時間）ほど休んだら、御用部屋へ出る。大膳も呼んでおけ」

本多政長が横山玄位を連れてこいと指図した。

「……さてと。佐奈、まずはぬるめの白湯《さゆ》をくれ。その後湯漬けを頼む」

婿《むこ》の家だからとの遠慮など本多政長はしない。瀬能家の女中となった女軒猿を本多政長が使った。

「二度目の登城だが、疲れるの。水一杯飲めぬのがきついわ」

上座に腰を下ろした本多政長が愚痴を言った。

金沢城においても本多政長は主《あるじ》ではないが、御用部屋だとか、与えられている休息の間だとかで湯茶や弁当を使うことはできる。江戸城でも格式に応じた控えの間を与えられている大名や、老中、若年寄のような役人も、やはり湯茶の用意はある。しかし、陪臣として召し出された者には、それがなかった。着替えをする下部屋は貸してもらえるが、そこに湯茶の用意や手伝いをしてくれるお城坊主は控えていない。

本多政長がため息を吐くのも無理はなかった。

「お疲れでございましょう」

「疲れたわ。歳をとってからの旅もきついが、江戸城はさらに辛い」

労《いたわ》る数馬に本多政長が応じた。

「白湯でございまする」

佐奈が大ぶりの茶碗にぬるめの白湯を入れてきた。

「すまぬの」

受け取った本多政長が一気に呷《あお》った。

「……ふうう。ようやく人心地ついたわ」

本多政長が茶碗を置いて、安堵の表情を浮かべた。

「上様のご機嫌はいかがでございました」

まずはそこから訊くべきだと数馬が問うた。

「ご機嫌であらせられたがの、あの御仁は気をつけねばならぬ」

本多政長が表情を厳しいものにした。

「基本は善であろう。あまり苦労もなされておらぬゆえ素直でもあり、他人の話を聞く耳も持っておられる。人としてならば、よほど我らが殿よりまともじゃ」

まず本多政長が綱吉を褒めた。

「…………」

綱紀の悪口に近い。数馬は反応を避けた。

「ただの、それを将軍継嗣《けいし》の問題で酒井雅楽頭らがゆがめてしまった。徳川に生まれた者ならば、誰でもそうなのだろうが……将軍への固執が強い。少しだけ話を振ってみたが、しっかり反応してくれたわ」

「当然のことでございましょう。この世でただ一つの座でございまする。余人には望んでも、努力しても届きませぬ」

小さく首を左右に振った本多政長に数馬が述べた。

「たしかにそうなのだがな。儂は嫌な感じを受けた。注意をしておくべきだと儂は考える。今のところ我らが殿をどうこうなさろうとはしておられぬが、それもいつまで保つか。世間の目という箍《たが》が外れたとき、完全に頭に血が上られたとき、百万石は無事ではすむまいな」

「義父《ちち》上さま……」

悪い予言を口にした本多政長に数馬が難しい顔をした。

「人は忘れる生きものだ。忘れていかねば、すべてを覚えていては、心が疲弊《ひへい》してしまう。儂とていくつもの思い出を捨ててきた。大切な思い出でも忘れなければ生きていけぬ。それが年老いるということでもある」

「忘れることは要《い》る」

数馬が繰り返した。

「ただな、人の面倒なのは、忘れようとしても思い出すということだ。忘れたならば、忘れたままにしておけば、幸せだというのに」

本多政長が瞑目《めいもく》した。

「上様は、今、将軍継承にかかわる騒動を忘れようとなさっている。越後高田騒動で少し意趣も晴れたようだしの」

越後高田藩松平家は、越前松平家の一門、いや本家筋といってもよい徳川でも名だたる一族であった。それを潰すなど、たとえ大老でもできない。できるのは、ただ一人、将軍だけである。綱吉は、越後高田を潰したことで、己の力を認識し、反対する者もなかったことで将軍として認められたと感じたはずだと、本多政長が言った。

「ただいつまで保つかわからぬ。誰かが引き金を引いたとき、上様は思い出す」

「引き金になるというのはなんでございましょう」

「少なくとも二つある」

問うた数馬に本多政長が答えた。

「二つしか思いつかぬというのが現実だがな。一つは徳松君の生死、もう一つが堀田備中守《びっちゅうのかみ》さまの動向」

「どちらも上様にお近いお方でございますな」

数馬がうなずいた。

「……どうなるかだの。儂は今日、柳沢という小納戸《こなんど》を寵臣《ちょうしん》と呼んで忠告した。だが、あやつにそこまで気が回るかの」

本多政長が危惧を口にした。

「寵臣とは、代を引き継いでこそ生き続けられる。上様のお血筋でなくなったとたんに寵臣も終わるのだ。徳松君を守れなければ、あやつに先はない。そこに気づくかどうか」

「徳松君が亡くなられると言われるのでございますか。将軍世子さまでございまするぞ」

数馬がまさかと驚いた。

「将軍の頭上さえ空いているのだ。世子さまの守りなんぞあるまい」

「…………」

数馬が言葉を失った。

「陪臣としては、これ以上の手出しはできぬ。もし、徳松君の安全を加賀が請け負ってみよ。うまくやったところで、なにも得るものはない。いや、碌《ろく》なことにはならぬぞ。外様に世子の警固《けいご》を預けたとなれば、譜代大名、旗本の面目がなくなる。それこそ、ありとあらゆる嫌がらせを喰らうことになる。そして、万一徳松君になにかあれば、加賀は潰れる」

これ以上の手出しは藩としてするべきではないと本多政長が告げた。

「……はい」

数馬も納得するしかなかった。

「さて、直臣の話だがな」

　本多政長が話を戻した。

「儂が家督を受け継いでしばらくのころだ。幕府から儂に江戸城修復のお手伝い普請が命じられた」

「お手伝い普請が……」

　聞いた数馬が驚愕した。

　お手伝い普請は外様大名に命じられるものであり、五万石とはいえ陪臣に回ってくるはずはなかった。

「万治元年（一六五八）だから、四代将軍家綱さまのときだ。なぜか、お手伝い普請をしろとの上意が来た」

「それがどうして直臣復帰のお話になりますや」

　数馬が首をひねった。

「譜代大名にはお手伝い普請は出されない。当たり前だな。もともと外様大名から戦《いくさ》をする金を奪うためのものだからな。譜代大名にお手伝い普請を命じれば、幕府はその戦力を自ら削《そ》ぐことになる」

「はい」

わかると数馬が首を縦に振った。

「五万石の陪臣だぞ。江戸に屋敷はあるが、人は少ししかいない。そんな家に江戸城の修復などさせてみろ。どれだけの負担になる。それこそ家が傾くわ」

「たしかに」

「わかっただろう、これで」

本多政長が数馬に答えを促した。

「お手伝い普請を断るならば、直臣になれ。いえ、直臣になったら、お手伝い普請はなかったことにしてやるでございましょうか」

「うむ」

正解だと本多政長が首肯した。

「今から思えば、そのころから仕組まれていたのだろうな。本多を加賀から切り離せば……幕府は家康さまの暗きところを取りこめる。それは前田家が徳川家に対する切り札を失うことである」

「家綱さまのころといえば……」

「酒井雅楽頭であろうな、たぶん。承応《じょうおう》二年（一六五三）の酒井雅楽頭が奏者番《そうじゃばん》から老中に抜擢《ばってき》されたときだ」

「そんなころから、前田家を」

数馬が驚いた。

「それはそうだろう。なにせ家光さまは殿のお父上の光高《みつたか》さまを四代将軍にとお考えになられたのだぞ」

家光は姉珠姫の子、甥《おい》にあたる光高をかわいがり、子供のいなかった己の後継者にしようとした。もっともそれは松平伊豆守信綱《いずのかみのぶつな》、阿部豊後守忠秋《あべぶんごのかみただあき》ら、執政衆の反対で潰《つい》えたが、それを奏者番という将軍と大名を繋《つな》ぐ役目をしていた酒井雅楽頭が知らないはずはなかった。

「家綱さまのもとで老中として政を担《にな》う酒井雅楽頭にしてみれば、前田は目の上のこぶだったろう。なにせ家綱さまには御子がおられなんだからな」

「それで義父上さまに罠《わな》を」

「たぶんの。そう読んだゆえ、お手伝い普請を儂は請けた。きつかったぞ。もう二度と戦ができぬほどの金を遣った」

徳川家にとって本多佐渡守の系統は厄介者《やっかいもの》でしかない。譜代大名にしてしまえば、将軍の思うがまま、生死を握ることができる。それをわかっているからこそ、本多政長は血を吐く思いでお手伝い普請をした。

「湯漬けが来たか。話はこれでよいな」

腹が減っていると本多政長が湯漬けを掻きこみ始めた。

「……数馬よ」

不意に本多政長が箸《はし》を止めた。

「これですんだとは思うなよ。大久保加賀守の顔を儂は潰したのだ。加賀守がこのまま黙って引き下がってくれるはずはない」

「はい」

数馬が表情を引き締めた。

「留守居役の役目、より重くなったと覚悟いたせ」

本多政長が重い声で釘を刺した。

湯漬けを片付けた本多政長が表御殿の御用部屋へ入ったのは刻限ぎりぎりであった。

「集まっておるな」

上座についた本多政長が参集を命じられた組頭以上を見回した。

「本日の上様へのお目通りはつつがなく終えた。今後も本多家は加賀を支える執政として尽くすようにとのお言葉も賜《たまわ》った」

「よかった……」

「なによりでござる」

「……………」

多くの者がほっとするなか、一人横山玄位だけが黙っていた。

「一昨日の評定といい、本日のお目通りといい、無事にすんだとはいえ、それでよしとするわけにはいかぬ」

本多政長が険しい顔をした。

「殿よりすべてを預けられた者として、命じる。横山内記の当家立ち入りを禁じる。これは代替わりをしても続けられる。それを破った者は当家から放逐される。これは足軽であろうが、人持ち組であろうがかかわりない。もっとも横山内記も当家にかかずらっている場合ではなかろうがな」

「……………」

小さく笑った本多政長に横山玄位がうつむいた。

「次に、江戸の体制を変更する。横山大膳の筆頭江戸家老職を解き、国元への帰参を命じる。その後は村井、そなたがいたせ」

「なにをっ……」

江戸に居なければ直臣への復帰の手が打てなくなる。横山玄位が異を唱えようとして口をつぐんだ。

「富田は戻ったか」

「……それはっ」

本多政長に言われた横山玄位が詰まった。

「これ以上の抗弁はするな。わかっておるだろう。これは殿のお指図でもある。そなたは若すぎる。表にせよ、裏にせよ、政争が絶えずおこなわれている江戸に置くには修行が足りぬ。国元で鍛え直されよ」

「……はっ」

主命に逆らえば、二万七千石といえども吹き飛ぶ。横山玄位が受け入れた。

「以上である。今までの足りなさを己で考え、今後このようなことがないように励め」

本多政長が解散を命じた。

加賀藩前田家江戸藩邸を騒がせた一日は終わった。

「覚悟はなされましたか」

翌日、阪中玄太郎は本多主殿を迎えていた。

「肚《はら》を決めた」

問われた本多主殿がうなずいた。

「では……」

「お家のためとあらば、非常の手段もやむなし」

「おおっ」

本多主殿の言葉に阪中玄太郎たちが興奮した。

本書は文庫書下ろし作品です。

|著者| 上田秀人　1959年大阪府生まれ。大阪歯科大学卒。'97年小説CLUB新人賞佳作。歴史知識に裏打ちされた骨太の作風で注目を集める。講談社文庫の「奥右筆秘帳」シリーズは、「この時代小説がすごい！」（宝島社刊）で、2009年版、2014年版と二度にわたり文庫シリーズ第一位に輝き、第3回歴史時代作家クラブ賞シリーズ賞も受賞。「百万石の留守居役」は初めて外様の藩を舞台にした新シリーズ。このほか「禁裏付雅帳」（徳間文庫）、「聡四郎巡検譚」（光文社文庫）、「闕所物奉行裏帳合」（中公文庫）、「表御番医師診療禄」（角川文庫）、「町奉行内与力奮闘記」（幻冬舎時代小説文庫）、「日雇い浪人生活録」（ハルキ文庫）などのシリーズがある。歴史小説にも取り組み、『孤闘　立花宗茂』（中公文庫）で第16回中山義秀文学賞を受賞、『竜は動かず　奥羽越列藩同盟顛末』（講談社文庫）も話題に。総部数は1000万部を突破。
上田秀人公式HP「如流水の庵」 http://www.ueda-hideto.jp/

舌戦《ぜつせん》　百万石《ひゃくまんごく》の留守居役《るすいやく》（十三）

上田秀人《うえだひでと》



講談社文庫
定価はカバーに
表示してあります

2019年6月13日第1刷発行

発行者――渡瀬昌彦
発行所――株式会社　講談社
東京都文京区音羽2-12-21　〒112-8001
電話　出版（03）5395-3510
　　　販売（03）5395-5817
　　　業務（03）5395-3615

Printed in Japan

デザイン―菊地信義
本文データ制作―講談社デジタル製作
印刷―――凸版印刷株式会社
製本―――株式会社国宝社



ISBN978-4-06-516324-5

# 講談社文庫刊行の辞

二十一世紀の到来を目睫に望みながら、われわれはいま、人類史上かつて例を見ない巨大な転換期をむかえようとしている。

世界も、日本も、激動の予兆に対する期待とおののきを内に蔵して、未知の時代に歩み入ろうとしている。このときにあたり、創業の人野間清治の「ナショナル・エデュケイター」への志を現代に甦らせようと意図して、われわれはここに古今の文芸作品はいうまでもなく、ひろく人文・社会・自然の諸科学から東西の名著を網羅する、新しい綜合文庫の発刊を決意した。

激動の転換期はまた断絶の時代である。われわれは戦後二十五年間の出版文化のありかたへの深い反省をこめて、この断絶の時代にあえて人間的な持続を求めようとする。いたずらに浮薄な商業主義のあだ花を追い求めることなく、長期にわたって良書に生命をあたえようとつとめるところにしか、今後の出版文化の真の繁栄はあり得ないと信じるからである。

同時にわれわれはこの綜合文庫の刊行を通じて、人文・社会・自然の諸科学が、結局人間の学にほかならないことを立証しようと願っている。かつて知識とは、「汝自身を知る」ことにつきていた。現代社会の瑣末な情報の氾濫のなかから、力強い知識の源泉を掘り起し、技術文明のただなかに、生きた人間の姿を復活させること。それこそわれわれの切なる希求である。

われわれは権威に盲従せず、俗流に媚びることなく、渾然一体となって日本の「草の根」をかたちづくる若く新しい世代の人々に、心をこめてこの新しい綜合文庫をおくり届けたい。それは知識の泉であるとともに感受性のふるさとであり、もっとも有機的に組織され、社会に開かれた万人のための大学をめざしている。大方の支援と協力を衷心より切望してやまない。

一九七一年七月

野間省一

講談社文芸文庫

オルダス・ハクスレー　行方昭夫　訳

# モナリザの微笑

ハクスレー傑作選

解説=行方昭夫　年譜=行方昭夫

ディストピア小説『すばらしい新世界』他、博覧強記と審美眼で二十世紀文学に異彩を放つハクスレー。本邦初訳の「チョードロン」他、小説の醍醐味溢れる全五篇。

ハB1
978-4-06-516280-4

ヘンリー・ジェイムズ　行方昭夫　訳

# ヘンリー・ジェイムズ傑作選

解説=行方昭夫　年譜=行方昭夫

現代文学の礎を築きながら、難解なイメージがつきまとうジェイムズ。その百を超える作品から、リーダブルで多彩な魅力を持ち、芸術的完成度の高い五篇を精選。

シA5
978-4-06-290357-8

〈既刊紹介〉

上田秀人作品◆講談社

# 百万石の留守居役《るすいやく》シリーズ

## 老練さが何より要求される藩の外交官に、若き数馬が挑む！

第一巻『波乱』2013年11月　講談社文庫

外様第一の加賀《かが》藩。旗本から加賀藩士となった祖父をもつ瀬能数馬《せのうかずま》は、城下で襲われた重臣前田直作《まえだなおなり》を救い、五万石の筆頭家老本多政長《ほんだまさなが》の娘、琴《こと》に気に入られ、その運命が動きだす。江戸で数馬を待ち受けていたのは、留守居役《るすいやく》という新たな役目。藩の命運が双肩にかかる交渉役には人脈と経験が肝心。剣の腕以外、何もない若者に、きびしい試練は続く！

# 上田秀人作品◆講談社

**第一巻**
『波乱』
2013年11月
講談社文庫

**第二巻**
『思惑』
2013年12月
講談社文庫

**第三巻**
『新参』
2014年6月
講談社文庫

**第四巻**
『遺臣』
2014年12月
講談社文庫

**第五巻**
『密約』
2015年6月
講談社文庫

**第六巻**
『使者』
2015年12月
講談社文庫

**第七巻**
『貸借』
2016年6月
講談社文庫

**第八巻**
『参勤』
2016年12月
講談社文庫

**第九巻**
『因果』
2017年6月
講談社文庫

**第十巻**
『忖度』
2017年12月
講談社文庫

**第十一巻**
『騒動』
2018年6月
講談社文庫

**第十二巻**
『分断』
2018年12月
講談社文庫

**第十三巻**
『舌戦』
2019年6月
講談社文庫

〈以下続刊〉

上田秀人作品◆講談社

# 奥《おく》右《ゆう》筆《ひつ》秘帳 シリーズ

## 「筆」の力と「剣」の力で、幕政の闇に立ち向かう圧倒的人気シリーズ！

江戸城の書類作成にかかわる奥右筆組頭《おくゆうひつくみがしら》の立花併右衛門《たちばなへいえもん》は、幕政の闇にふれる。帰路、命を狙われた併右衛門は隣家の次男、柊衛悟《ひいらぎえいご》を護衛役に雇う。松平定信《まつだいらさだのぶ》、将軍家斉《いえなり》の父・一橋治済《ひとつばしはるさだ》の権をめぐる争い、甲賀《こうが》、伊賀《いが》、お庭番の暗闘に、併右衛門と衛悟は巻き込まれていく。「この時代小説がすごい！」(宝島社刊)でも二度にわたり第一位を獲得したシリーズ！

第一巻『密封』2007年9月　講談社文庫

# 上田秀人作品◆講談社

**第一巻**
『密封』
2007年9月
講談社文庫

**第二巻**
『国禁《こっきん》』
2008年5月
講談社文庫

**第三巻**
『侵蝕《しんしょく》』
2008年12月
講談社文庫

**第四巻**
『継承』
2009年6月
講談社文庫

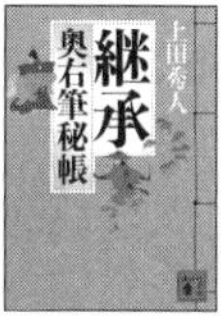


**第五巻**
『簒奪《さんだつ》』
2009年12月
講談社文庫

**第六巻**
『秘闘』
2010年6月
講談社文庫

**第七巻**
『隠密』
2010年12月
講談社文庫

**第八巻**
『刃傷』
2011年6月
講談社文庫

**第九巻**
『召抱《めしかかえ》』
2011年12月
講談社文庫

**第十巻**
『墨痕《ぼっこん》』
2012年6月
講談社文庫

**第十一巻**
『天下』
2012年12月
講談社文庫

**第十二巻**
『決戦』
2013年6月
講談社文庫

〈全十二巻完結〉

**前夜 奥右筆外伝**

併右衛門、衛悟、瑞紀《みずき》をはじめ宿敵となる冥府防人《めいふさきもり》らそれぞれの「前夜」を描く上田作品初の外伝！

2016年4月
講談社文庫

上田秀人作品◆講談社

## 梟《ふくろう》の系譜　宇喜多四代

**戦国の世を生き残れ！**
**梟雄と呼ばれた宇喜多秀家の真実。**

織田、毛利、尼子《あまこ》と強大な敵に囲まれた備前に生まれ、勇猛で鳴らした祖父能家《よしいえ》を裏切りで失い、父と放浪の身となった直家《なおいえ》は、宇喜多《うきた》の名声を取り戻せるか？

『梟の系譜』2012年11月　講談社単行本
2015年11月　講談社文庫

## 軍師の挑戦　上田秀人初期作品集

**斬新な試みに注目せよ。**
**上田作品のルーツがここに！**

デビュー作「身代わり吉右衛門」（「逃げた浪士」に改題）をふくむ、戦国から幕末まで、歴史の謎に果敢に挑んだ八作。上田作品の源泉をたどる胸躍る作品群！

『軍師の挑戦』2012年4月　講談社文庫

上田秀人公式ホームページ「如流水の庵」
http://www.ueda-hideto.jp/

講談社文庫「百万石の留守居役」ホームページ
http://kodanshabunko.com/hyakumangoku/

講談社文庫「奥右筆秘帳」ホームページ
http://kodanshabunko.com/okuyuhitsu/

# 講談社文庫　目録

宇江佐真理　晩　鐘〈続・泣きの銀次〉
宇江佐真理　虚ろ舟〈泣きの銀次参之章〉
宇江佐真理　室の梅〈おろく医者覚え帖〉
宇江佐真理　涙　堂〈琴女《ことじょ》癸酉日記《ゆうにっき》〉
宇江佐真理　あやめ横丁の人々
宇江佐真理　卵のふわふわ　八丁堀喰い物草紙・江戸前でもなし
宇江佐真理　アラミスと呼ばれた女
宇江佐真理　富子すきすき
浦賀和宏　眠りの牢獄
浦賀和宏　時の鳥籠(上)(下)
浦賀和宏　頭蓋骨の中の楽園(上)(下)
上野哲也　ニライカナイの空で
上野哲也　五五五文字の巡礼〈魏志倭人伝トーク　地理篇〉
魚住　昭　渡邉恒雄　メディアと権力
魚住　昭　野中広務　差別と権力
氏家幹人　江戸の怪奇譚
内田春菊　愛だからいいのよ
内田春菊　ほんとに建つのかな
魚住直子　非・バランス
魚住直子　未・フレンズ
魚住直子　ピンクの神様
上田秀人　密　封〈奥右筆秘帳〉
上田秀人　国　禁〈奥右筆秘帳〉
上田秀人　侵　蝕〈奥右筆秘帳〉
上田秀人　継　承〈奥右筆秘帳〉
上田秀人　簒《さん》奪《だっ》〈奥右筆秘帳〉
上田秀人　秘　闘〈奥右筆秘帳〉
上田秀人　隠　密〈奥右筆秘帳〉
上田秀人　刃　傷〈奥右筆秘帳〉
上田秀人　召《めし》抱《かかえ》〈奥右筆秘帳〉
上田秀人　墨《ぼっ》痕《こん》〈奥右筆秘帳〉
上田秀人　天　下〈奥右筆秘帳〉
上田秀人　決　戦〈奥右筆秘帳〉
上田秀人　前　夜〈奥右筆外伝〉
上田秀人　軍師の挑戦〈上田秀人初期作品集〉
上田秀人　天主信長〈表〉〈我こそ天下なり〉
上田秀人　天主信長〈裏〉〈天を望むなかれ〉
上田秀人　波　乱〈百万石の留守居役(一)〉
上田秀人　思　惑〈百万石の留守居役(二)〉
上田秀人　新　参〈百万石の留守居役(三)〉
上田秀人　遺　臣〈百万石の留守居役(四)〉
上田秀人　密　約〈百万石の留守居役(五)〉
上田秀人　使　者〈百万石の留守居役(六)〉
上田秀人　貸　借〈百万石の留守居役(七)〉
上田秀人　参　勤〈百万石の留守居役(八)〉
上田秀人　因　果〈百万石の留守居役(九)〉
上田秀人　忖《そん》度《たく》〈百万石の留守居役(十)〉
上田秀人　騒　動〈百万石の留守居役(十一)〉
上田秀人　分　断〈百万石の留守居役(十二)〉
上田秀人　梟《ふくろう》の系譜〈宇喜多四代〉
内田　樹　下流志向〈学ばない子どもたち　働かない若者たち〉
内田　樹・釈　徹宗　現代霊性論
上橋菜穂子　獣の奏者〈I闘蛇編〉
上橋菜穂子　獣の奏者〈II王獣編〉
上橋菜穂子　獣の奏者〈III探求編〉
上橋菜穂子　獣の奏者〈IV完結編〉
上橋菜穂子　獣の奏者〈外伝　刹那〉

上橋菜穂子　物語ること、生きること
上橋菜穂子　明日は、いずこの空の下
上橋菜穂子原作　武本糸会漫画　コミック　獣の奏者 I
上橋菜穂子原作　武本糸会漫画　コミック　獣の奏者 II
上橋菜穂子原作　武本糸会漫画　コミック　獣の奏者 III
上橋菜穂子原作　武本糸会漫画　コミック　獣の奏者 IV
上田紀行　ダライ・ラマとの対話
上田紀行　スリランカの悪魔祓い
嬉野　君　妖怪極楽
嬉野　君　黒猫邸の晩餐会
上野　誠　天平グレート・ジャーニー〈遣唐使・平群広成の数奇な冒険〉
うかみ綾乃　永遠に、私を閉じこめて
植西　聰《あきら》　がんばらない生き方
海猫沢めろん　愛についての感じ
遠藤周作　ぐうたら人間学
遠藤周作　聖書のなかの女性たち
遠藤周作　さらば、夏の光よ
遠藤周作　最後の殉教者
遠藤周作　反逆 (上)(下)

遠藤周作　ひとりを愛し続ける本
遠藤周作　深い河《ディープ・リバー》
遠藤周作　周作塾〈読んでもタメにならないエッセイ〉
遠藤周作　新装版　海と毒薬
遠藤周作　新装版　わたしが・棄てた・女
江波戸哲夫　新装版　銀行支店長
江波戸哲夫　集団左遷
江上　剛　頭取無惨
江上　剛　不当買収
江上　剛　小説金融庁
江上　剛　絆
江上　剛　再起
江上　剛　企業戦士
江上　剛　リベンジ・ホテル
江上　剛　起死回生
江上　剛　瓦礫の中のレストラン
江上　剛　非情銀行
江上　剛　東京タワーが見えますか。
江上　剛　慟哭の家

江上　剛　家電の神様
江上　剛　ラストチャンス　再生請負人
江國香織　真昼なのに昏《くら》い部屋
江國香織・文　松尾たいこ・絵　ふりむく
M・モーリス　江國香織訳　宇野亜喜良絵　青い鳥
江國香織他　100万分の1回のねこ
遠藤武文　プリズン・トリック
遠藤武文　パワードスーツ
遠藤武文　原調
円城　塔　道化師の蝶
大江健三郎　新しい人よ眼ざめよ
大江健三郎　取り替え子《チェンジリング》
大江健三郎　鎖国してはならない
大江健三郎　言い難き嘆きもて
大江健三郎　憂い顔の童子
大江健三郎　河馬に噛まれる
大江健三郎　M/Tと森のフシギの物語
大江健三郎　キルプの軍団
大江健三郎　治療塔

# 講談社文庫　目録



2019年3月15日現在